SONDEREDITION

Claudia J. Schulze

Hinweis: Die Autoren-Marge wurde herabgesetzt um die o.g. Bonus-Geschichten für Sie zu drucken. Unterstützt wurde dies von der Bärbel-Schulze-Stiftung für therapeutisches Lesen und Schreiben. (Reihe: Bibliotherapie)

Herstellung und Verlag: BoD - Books on Demand, Norderstedt

Lektorat: Matthias Ziebarth, Frankfurt a. Main und Phillo, Leipzig

Große Schrift

Bilder: Klára Sedlo, Prag

© Autor: Claudia J. Schulze

ISBN: 9783750434271

Der Bote des Todes S. 6-8

Alpha et Omega S. 9-12

Ekel S. 12-16

Ein lachender Tod S. 17-18

Neumanns Traum S. 18-25

Baron von Münchhausen S. 25-34

Der Schlangenmensch S. 35-41

Wellen der Zeit S. 41-47

Anna S. 48-54 *(Bonus)*

Zauberwesen S. 55-58 *(Bonus)*

Scherben in Moll S. 58-63 *(Bonus)*

Remember me S. 64-67

Hannahs Tod S. 68-72

Die Schriftstellerin S. 73

Pflanzenblicke S. 74-75

Der sizilianische Elefant S. 76-80

Mors Certa S. 81-96

Der Tote S.97-102

Sergejs Tod S. 103-105

Der Ware Preis S. 106-110

3

Neumanns Traum S. 111-117

Horror vacui S. 118

Schmerzlos S. 119-122

Augenlöcher S. 123

Rabenbäume S. 124-132

Das rote Bild S. 133-142

Storiken S. 143-146

Hass S. 146-151

Voland S. 152-155

Schnellwäsche S. 155-158

Onkel Bernhards Hut S. 159-161

Unmenschlicher Schmerz S. 162-163

Paranoia S. 164-166

Beim ersten Mal S. 167-168

Von Flughäfen und Blut S.169-170

Kameraden S.171-172

Von Spinnen und Menschen S. 172-173

Philomen und Baucis S. 173-179

Frau Professor Wolf S. 179-180

Pechmarie S. 181-185

Der Mothman S. 185-187

Vom Blatt in den Zweigen S.187-193

Über die Künstlerin Klára Sedlo

& die Autorin Claudia J. Schulze S.194-200

Nur die widernatürlichste Phantasie kann uns noch retten.

(Johann Wolfgang von Goethe)

Der Bote des Todes

Der alte Mann sah wunderlich aus, daran gab es keinen Zweifel. Anderseits würde ich durchaus so weit gehen zu behaupten, dass alte Menschen im Allgemeinen dazu neigen wunderlich auszusehen. Seine etwas in Violette zielende Gesichtsfarbe gab ihm das Timbre eines Herzkranken, und ein langer weißer Ziegenbart verlängerte sein ohnehin sehr länglich geratenes Gesicht in einer Weise, die ihm nicht zum Vorteil gereichte. Doch um es vorweg zu nehmen: Der alte Mann war ein Bote des Todes, so dass es- in Anbetracht der enormen Wichtigkeit seines Auftrages nun wirklich nicht mehr darauf an-kommt, ob sein Aussehen von ansprechender Art und Weise ist oder eben nicht. Der Bote des Todes war ein Gehilfe, doch hatte auch dieser Gehilfe einen weiteren Gehilfen. Der Tod ist sehr gut strukturiert, bis in den letzten Winkel hinein hat er seine Leute. Die, die die Arbeit für ihn verrichten und ihm die Toten aus aller Herren Länder schicken. Aus der Mark Brandenburg, Sizilien oder Moskau, aus Österreich oder- ach, was zähle ich auf. Von überall her eben. Doch scheint es mir vernünftiger zu sein konkret darüber zu berichten als mich in Andeutungen zu erschöpfen. Beginnen wir also mit dem ersten Fall, zu dessen Zeuge ich wurde, damals freilich noch nicht im Geringsten ahnend, dass mir Geheimnisse von der anderen Seite anvertraut werden würden. Eine Last, an der ich seither trage. Sollte ich mich mitteilen? Diese Frage stellt sich mir nicht. Ich muss es einfach tun, und einladen kann ich auch Sie mir jederzeit zur Seite zu stehen, wenn ich mich in jenen Gefilden bewege, von Kenntnissen, die sich allem bisher Dagewesen entziehen, innerlich ganz klein und schrumpelig werde. Doch weiß ich letztlich, dass die Todesboten einen jeden finden und seinem vorgeschriebenen Schicksal zuführen werden. Das Klein-Fühlen, das Klein-Machen werden mir also am Ende nichts bringen. Vielleicht, gelegentlich schon kam es mir in den Sinn, sollte man die Todesboten nicht für das Schlechte in der Welt verantwortlich machen. Da der Tod gemeinhin allerdings beinahe durchaus als etwas Schlechtes angesehen wird, dürfte dies ein recht schwieriges Unterfangen werden.

Begonnen also, hat das alles in meinem direkten Umfeld. Es geschah vor meinem Haus auf dem Weg zurück von einem Gesangsabend. Dieser war in ausgesprochen fröhlicher Runde verlaufen, und umso größer und erschreckender legte sich jäh der Kontrast auf mich.

Der Kontrast, den ich mit einem Mal mit jeder Faser meines Körpers erfühlte.

Der Anfang und das Ende.

Doch halte ich, das entspricht meinem Wesen, natürlich mein oben gegebenes Versprechen eisern, und berichte nun im Detail über all diese Geschehnisse.

Voraus zu schicken ist, dass ich die Boten des Todes nicht immer sah. Oder aber erkannte ich sie nicht immer.

Nur die Schatten, für die hatte ich einen Blick.

Alpha et Omega

Kurz vor ihrem plötzlichen Tod sah ich es beim Nachhausekommen und hielt es für einen Streich, den mir meine übermüdeten Augen spielten.

Es war bereits dunkel, und so war es zunächst natürlich nicht sehr verwunderlich, dass ich ihre beiden Schatten wahrnahm, besser: Ihre beiden Silhouetten. Nachtschwarz. Ich dachte sie stünden vor ihrer Haustür im Begriff die Treppe hinunterzusteigen. Indes waren sie nur einen Wimpernschlag später völlig und restlos verschwunden: Keine Silhouette, keine Schatten, nichts. Waren sie ins Haus zurückgetreten, um einer Begegnung mit mir noch auszuweichen? Doch wie sollte das vor sich gegangen sein? Wie hätten sie so schnell und unbemerkt durch die bereits geschlossene Tür treten können? Allein die Lichtschranke hätte sie schnell verraten. Dicht aneinandergepresst stehend, waren mir ihre Silhouetten auch am Tag ihres Unfalls noch deutlich im Kopf und erschienen mir, in der Retrospektive als prophetische Schatten, stille Boten aus der Unterwelt, die sich für gewöhnlich nicht verraten. Ich habe sie überrascht. Ihre Rache, obgleich ich es ja nicht mit Absicht getan hatte, folgte alsbald. Nun sah ich sie vor jeder siebten Tür. Die Schatten derer, die man im Begriff war weg-zuholen. Selbst einer eher ungerührten und grund-sätzlich unbekümmerten Seele würde so etwas zusetzen, und was soll ich erst sagen?

Manchmal schließe ich die Augen vor einer solchen Silhouette, doch, wie auch immer dieser genial-teuflische Trick funktionieren mag: Selbst mit geschlossenen Augen sah ich sie - und hörte sie obendrein. Mal war es einer, dann teilte er sich zu mehreren. Geschlechter verschwanden und dieses Eine Wesen, diese eine Silhouette sagte mit kraftvoller Stimme zu mir: „Ich bin der Anfang und das Ende!" Auf Griechisch und Latein gab er es auch noch. Wohl für die, die mehrsprachig aufgewachsen waren, wie ich vermute. Es war also ein Todesbote. Nur verkündete er mir nicht meinen eigenen, sondern den Tod anderer. Mein Arzt glaubt mir nicht. Und das, obwohl ich auch vor seiner Tür eine solche Silhouette gesehen habe. Eine mehrwöchige Kur hat er mir verschrieben. Nervös hat er obendrein gewirkt. Ja, auch unbekümmerte Seelen kann so etwas mitnehmen. Dann beantragte er mit bekümmert, dramatisch nach unten weisenden Mundwinkeln eine Anschluss-Kur, eine indizierte Verlängerung. Als ob das was nützt. Klar, wünschen täte man es sich allemal. Ob ich ihn noch einmal wiedersehen werde, wenn ich zurückkomme? Ich glaube es nicht. Der, der Anfang und Ende zugleich ist, hat es mir verraten.

Ekel

Bereits als Säugling war er am liebsten für sich, lag bäuchlings auf dem Babyteppich, war froh, wenn er nicht übermäßig belästigt wurde und lauschte den aufgezeichneten Stimmen der Hörspielsprecher, die er jederzeit leiser stellen oder gar vollständig zum Verstummen bringen konnte. Er fand viel herausbald noch etwas bis dahin Fremdes und ungeheuer Wichtiges, den Verzicht auf den eigenen Willen.

Er gab immer nach, Trotzphasen entfielen bei ihm, waren ersatzlos gestrichen, denn schnell hatte er bemerkt, dass der Weg des geringsten Widerstandes ihm am meisten lag. Niemals geriet er mit anderen in Streit, niemals mischte er sich in die Belange anderer ein, schlug sich auf niemandes Seite und wurde prompt mit einer Urkunde ausgezeichnet, was mich wunderte.

Hätte nicht die Urkunde vielmehr einer verdient, der versucht hatte Konflikte zu lösen?

Nein, belohnt wurde das Sich-Heraushalten, das Keine Stellung beziehen. Viele dachten sie seien mit ihm befreundet, die Eltern allen voraus.

Aus manchen, grotesken Gründen gehen Eltern ja häufig davon aus man müsste mit den eigenen Kindern befreundet sein.

Nahtlos fügte er sich in ihr Leben ein, übernahm ihre Hobbies, machte sich im Haushalt nützlich, spürte was von ihm erwartet wurde und tat es – ohne jedoch auch nur den geringsten Hauch einer Emotion für sie zu empfinden.

Für seine Familie nicht, auch für seine sogenannten Freunde nicht. Er wusste, dass er mitspielen musste, wollte er sein bequemes Leben nicht verlieren. Und so tat er es.

Ungewöhnlich fasziniert war er von Totenköpfen - seien es menschliche oder tierische - zudem erstreckte sich sein Interesse auch auf den monetären Bereich – auf Geld.

Bei jeder Gelegenheit ließ er sich etwas zustecken, ließ sich jede Hilfe, die er anderen zukommen ließ, vergüten und ersparte sich so bereits in jungen Jahren genug Geld, um sich zum einen exklusiven Jagdschein zu leisten als auch zum anderen um die Tiere, welche auf seiner Liste standen, zu erlegen.

Jedes dieser Tiere kostete einen gewissen Preis. Gestaffelt ob Fuchs, Rebhuhn, Reh, Hirsch oder Gams.

Er wollte von jedem mindestens eines erlegen, und da er immer so freundlich und höflich war, bat man ihn häufig um Gefallen, vergütete ihn und ermöglichte es ihm so nach und nach all jene Tiere zu erlegen die auf seiner Liste standen.

Ordentlich war er auch– mehr als das. Sein Regal erfüllte nicht den Zweck, welchen ein Regal normalerweise erfüllte. Frei von jeglichem Ballast, von sentimentalen Überflüssigkeiten oder Ähnlichem war es. Klinisch sauber wirkte alles, und umso deutlicher hoben sich in einen merkwürdigen Kontrast die präparierten Schädel von all dem anderen ab. Das Eichhörnchen und der Auerhahn, die er wie den Fuchs hatte ausstopfen lassen. Gams, Rehbock und Hirsch hingen fein säuberlich, der Größe und den Geweihen nach geordnet, an der Wand. Seine Eltern waren auffallend stolz auf ihn, auf seine Freundlichkeit, die fast schon störrische Ziel-strebigkeit und seinen Ordnungssinn, mit welchem er einfach hervorragend in deren Lebenskonzept passte. So störte er nicht, fügte sich nahtlos ein und trug zum allgemeinen Wohlbefinden und Status der Familie bei. Die Eltern, immer darum bemüht jung und „hip" zu wirken, wünschten ihn sich weiterhin zum Freund, buhlten mit Geld und mit allem, was ihnen zur Verfügung stand.

Jeder Schritt von ihm entweihte die teuren Möbel, das geschmackvoll gestaltete, auf Anerkennung zielende, Interieur.

Wellen von Scham und Ekel wechselten sich mit der Empörung darüber ab möglicherweise einst ein ähnliches Schicksal erleiden zu müssen. Auch zu so etwas werden zu müssen, unweigerlich. Etwas, das den Wert der gesamten Immobilie zum Kollaps führen würde.

Der Anblick des kranken Vaters wurde ihm so unerträglich, dass er schier körperliche Schmerzen zu erleiden glaubte, wann immer dieses Ungeheuer die heiligen, gepflegten Hallen durch seine schiere Anwesenheit entweihte. So verfügte er beizeiten, dass nach seinem Tod, den er sich im Übrigen selbst und bald beizubringen gedachte, sein Schädel fein präpariert neben all seinen Trophäen exponiert werden sollte.

An erster Stelle – noch vor dem Hirschen, denn: Geweih hin oder her- Ordnung musste sein.

Ein lachender Tod

Heute, wir waren wieder einmal auf dem Friedhof um frische Tulpen aufs Grab meiner Mutter zu bringen, kam er Leichenwagen in Einsatz. Zwei Angestellte des am Friedhof angesiedelten Bestattungshauses liefen heraus, laut lachend in der Abendsonne, Krawatten um den Hals gebunden um eine seriöse Atmosphäre vorzutäuschen.

Dann, kaum saßen sie im Wagen, verstummte das Lachen, erloschen die Gesichter, froren ein, wurden dienstlich wie die Krawatte und der nach Tod aussehende Wagen. So werden sie wohl auch mich holen denke ich dann. Bald. Vorher werden sie lachen und etwas essen, ein vorgezogenes Feierabendbier trinken, vielleicht. Und sie werden nie wissen, wer ich war. Das ist andererseits nichts Außergewöhnliches. Wer weiß schon, wer der andere war? Und warum sollten sie traurig sein wenn sie mich holen? Ihr Geld verdienen sie damit. Ihre Brot und ihr Bier. Ab und zu wird auch ein Urlaub drin sein. Warum sollen sie nicht lachen.

Lacht. Ich bin nicht traurig darüber. Ich stelle es nur fest. Ein recht einfacher Automatismus. Etwas anderes erwarten zu wollen wäre naiv. Mit einem Mal muss auch ich lachen. Ein wenig irre, wahrscheinlich. Doch das sind Leben und Tod allemal auch.

Neumanns Traum 2

Sie war eine kurzatmige fette, kleine alte Frau deren Schweißfüße bereits das Treppenhaus so nachhaltig und unumkehrbar markiert hatten, dass lediglich der grässlich beißende Schimmelgeruch, der aus den Kellerräumen bei geöffneter Tür ebenfalls ins Treppenhaus waberte, vom unsäglichen Gestank des Müllkontainers an heißen Tagen unterstützt, imstande war diesen, zumindest partiell zu überdecken. Bei dem Haus handelte es sich um eine dieser typischen, lieblos und schnell aufgestellten Arbeiterwohnungen der 50-er Jahre. Der Boden bestand aus einer Art grandiosem Schmutz-Mosaik von winzigen schwarzen, grauen und eitergelben Steinchen, die Wände waren mit Fett und Farbe verschmiert, der Lack an den hastig überstrichenen Türrahmen war längst abgeblättert und zerkratzt. "Glückspilz" stand auf einer der Fußmatten im Parterre, wobei nicht klar war, ob der nicht ausdrücklich erwähnte Besitzer dieser Matte einen eigentümlichen Sinn für Humor besaß oder aber tatsächlich einfach nur froh darüber war ein, wie auch immer geartetes, Dach über dem Kopf zu haben.

Die Fette hockte bei jedem Wetter, abgeschirmt von fünf gleichmäßig um sie herum gruppierten, gemusterten Sonnenschirmen auf ihrem, nachträglich vom Vermieter angesetzten Balkon wie in einem riesigen Vogelbad und beobachtete mit klopfendem Herzen jeden, der an ihrem Hochsitz vorbei zum Mülleimer ging. Kaum klappte der Deckel und kaum entfernten sich von dort unten Schritte begannen die kleinen Höhepunkte des Tages für sie. Eine mächtige Welle von Adrenalin schwappte durch ihren teigigen, stets etwas aufgeschwemmten Körper.

Erregt, zuweilen keuchend, erhob sie sich, was in

Anbetracht ihrer Leibesfülle nicht immer so einfach war, stopfte die fleischigen Füße in roséfarbene Puschen und begab sich mit einem Teppichmesser bewaffnet (Zum exakten und effizienten Aufschlitzen der Mülltüten), Einweghandschuhen und einem ebenfalls rosé-farbenen, plüschigen Bademantel auf die Pirsch. Leise tappte sie das schäbig aussehende Treppenhaus hinunter, frisch erregt wie auf ihren früheren Beutezügen- damals noch zu DDR-Zeiten. Die Erregung war noch nicht auf ihrem Höhepunkt. Noch wuchs sie an. Ein perfekter Stasi-Spitzel war sie einst gewesen, kein Nachbar hatte vergessen sie zu grüßen. Dieser Respekt, diese Angst! Man hatte nichts gewusst, doch geahnt. Noch immer konnte sie diese Angst riechen, diese Angst, die mit ihr untrennbar mit dem Geruch einer bereits riechenden Mülltonne verbunden war. Ihr Stasi-Vorgesetzter hatte ihr schon frühzeitig im Drill eingeschärft den größten Wert auf den Müll eines Menschen zu legen, „Da kann man sich den ganzen Lebensfilm nochmal innerlich zurückspulen!", so seine damaligen Worte.

Sie hatte sich diese Auskunftsquelle gründlich erschlossen. Ja, dort war sie jemand gewesen! Auf ihre Informationen hatte man sich zweifelsfrei genau verlassen können. Zwei Inhaftierungen in Bautzen, vier vereitelte West-Fluchten und sechs Entlassungen waren auf ihr früheres Ruhmes-Konto gegangen. Das war weitaus besser als ein Orgasmus gewesen, vor allem da ihr Mann Heinz sich in diesem Metier nicht sehr gut auskannte. Zumindest hatte es so gewirkt, bis er dann mit einer besonders großbusigen Rothaarigen in den Westen gemacht hatte. Sich selbst und ihre Tochter hatte die alte Neumann jedoch eigens durchgebracht. Die Müll-Analyse hatte sich dabei als durchgängig hilfreich erwiesen. Dieses damalige Orgasmus-Gefühl stellte sich auch jetzt noch bei ihr ein. Heute noch wurde sie unverschämt feucht wenn sie mit Puschen und Teppichmesser vor den Müllcontainern stand, die Neuankömmlinge der Tüten exakt analysierte und den Inhalt dann frei in der Tonne verteilte.

Letzteres war zwar ein Fehler, soviel war ihr bewusst. Spuren verwischen sah anders aus.

Früher wäre ihr so etwas nicht passiert.

Aus unerfindlichen Gründen wurde sie jedoch noch feuchter wenn sie das tat. Untenherum begann es zu pulsieren wie bei einer jungen, hemmungslosen Frau und ihre runden Schenkel rieben unter dem Bademantel glitschig aneinander während sie sich mit einer Hand am Geländer, wieder in Richtung ihres Aussichtspunktes bewegte und entseelt Platz nahm. Ein kleines Pfützchen hatte sich im Lauf der Zeit immer wieder angesammelt, war eingetrocknet und bildete nun die Essenz einer jahrelangen Erregung, die besonders delikate Lustabsonderung einer menschlichen Jagdspinne. Mit der Zeit hatte sich das Ganze dann aber ebenso abgenutzt wie die Schrift auf der Fußmatte des „Glückspilzes".

Die Tatsache, dass ihr zunehmendes Alter, gepaart mit der nicht weniger werdenden Fettleibigkeit sie unaufhaltsam in die Knie bzw. an einen Rollator gezwungen hatte, verbesserte die Jagdsituation für sie nicht gerade.

Warum sie am Tag der großen Hitze so übertrieb konnte keiner außer ihr selbst wissen.

Hatte der diesjährige Hitzerekord ihren Ehrgeiz geweckt oder schwang möglicherweise doch bereits eine vage Todessehnsucht, eine Angst-Lust mit? Anders wohl war ihr mehr als leichtsinniges Verhalten um die Mittagszeit kaum zu erklären. Sie kletterte diesmal sogar auf ihren Rollator um sich noch ein wenig tiefer in den Container beugen zu können. Die brütende Hitze hatte dem Müll einen so entsetzlichen, jeder Beschreibung spottenden Gestank beigemischt den tatsächlich, ganz offenbar, nur sie ertragen konnte. Müll, Angst und tödlicher Respekt- diese untrennbare Mischung entlockte ihr sogar einen wohligen Seufzer.

Malefiz, die dunkelbraune Hof Katze umschnurrte das Gerät und bedachte die kleinen Reifen mit zärtlichen Nasenstübern.
Die Alte, dadurch in ihrem Treiben gestört wollte das Teppichmesser soeben Waffen gleich drohend auf Malefiz richten als sie, wohl aufgrund der Sonne, das Gleichgewicht verlor, zwar noch mit den Armen ruderte doch schließlich nicht umhin konnte kopfüber im Container auf eben diesem

Teppichmesser zu landen, welches sich ihr tief und unheilvoll in die Leber bohrte. Sie war am Ende, röchelte, blutend, schwitzend und merkwürdig geil.

Malefiz umschnurrte noch immer ihren Rollator. Sie konnte dies nun nicht mehr sehen, und das war auch besser so. Wie sehr sie diese räudige Katze verabscheute! Dennoch lächelte sie. All dem zum Trotz. In all dieser furchtbaren Misere lächelte sie. Ihre Schenkel waren nun so nass wie sie nur bei der Geburt ihrer Tochter gewesen waren. Tod und Geburt. Tod. Dies war nun der ihre.

Sie lag verblutend im Müll, das Teppichmesser im Leib, kaum noch imstande zu atmen.

Dieser Müllgeruch. Was für ein Tod! Sie konnte sich keinen besseren vorstellen.

Malefiz schleckte sich derweil pflichtschuldig die Tatze. Er war, es ist nicht zu leugnen, ein Bote des Todes. Ja, es entbehrt nicht gerade jedem Klischee- und dennoch wird es nicht einmal deswegen weniger wahr.

Baron von Münchhausen

Hector war mein alter Lehrer und noch immer, auch als er bereits im Ruhestand war, diskutierte er bei diversen Obstbränden und Teegebäck leidenschaftlich unterschiedlichste Theorien zu Dingen aller Art mit mir. Sei es der Weltfriede, die globale Erderwärmung, die Ausdehnung des Kosmos oder auch die fehlende Ethik des modernen Menschen.

Zumeist waren wir, besonders nach dem Tod von Hectors Frau, während dieser Unterredungen allein, doch ab und an kam *der Baron* zu Besuch, ein läppisch wirkender Sohn Hectors, mit welchem er jedoch keinerlei Ähnlichkeit aufwies, und durchbrach unsere ernsthaften Gespräche mit allerlei erfundenen Anekdötchen.

Manchmal tat Hector so als glaubte er ihm, dem Baron von M., wie er hinter vorgehaltener Hand genannt wurde. Der Baron log wie kaum einer vor ihm, allerhöchstens eben jener, von dem man sich den Namen entliehen hatte, um all das auf den Punkt zu bringen. Eine Eigenheit, die ich nie verstanden habe, die ich mir aber so erkläre, dass das reine Absondern dieser so offensichtlichen Unwahrheiten den Zweck verfolgte seinem ganzen Dasein, welches wohl schlicht zu fad, zu langweilig geworden war um ihm nichts entgegen zu setzen, eben doch etwas entgegen zu setzen. Der Name war gut gewählt, wie ich fand. Hector hingegen, wie so oft etwas stur, weigerte sich allerdings seinen Sohn den „Baron" zu nennen. Er nannte ihn bei seinem wahren Namen- und das, obwohl ansonsten nichts wahr war an diesem Menschen. Warum gab Hector vor ihm zu glauben? Weil er dessen Vater war? Vielleicht. Doch zog sich diese vermeintliche Gutgläubigkeit durch so viele Bereiche von Hectors Leben. Warum also gab Hector überhaupt immer vor Dinge zu glauben, die sich jeder vernünftigen Wahrscheinlichkeit entzogen? Immerhin war er, und das ganz ohne Zweifel, einer der intelligentesten Menschen, die mir überhaupt jemals untergekommen sind.

Ja gewiß, zugleich war er auch einer der weitaus gutmütigsten, aber das schaltet ja nicht notwendigerweise die kognitiven Funktionen auf null. Es half nichts: Ich musste mir meine eigene Erklärung, meine Theorie irgendwie zusammenreimen.

Die direkte Konfrontation, die Enttäuschung einer allzu offensichtlichen Täuschung notwendigerweise folgend, wären ihm wohl unfein erschienen, unappetitlich und seltsam fremd. So wie es ihm ver-

mutlich dieser ganze so überaus grob und groß-
sprecherische Hochstapler war.

Freilich überprüfte Hector im Anschluss mit der
Gewissenhaftigkeit eines Journalisten, wägte jedes
Wort, schrieb Briefe und führte lange Telefonate,
um den Lügner doch noch zu überführen. Um die
Abscheulichkeiten jener Lügen wusste er daher sehr
genau. Zugleich fragte er sich (und gelegentlich
auch mich) wie es so weit hatte kommen können,
was es im Einzelnen war, das den Baron zu solchem
veranlasste. Wer weiß?

Ich selbst habe einige persönliche Gedanken hierzu,
die mir durchaus nicht nur abwegig zu sein
scheinen.

Wie wäre es zum Beispiel, wenn das Lügen einzig
den Zweck verfolgte von der grundsätzlichen,
lähmenden Langeweile dessen abzulenken, was das
gemeine Leben für die meisten von uns bereithält?

Was, wenn es einem Trotz entsprach und dem
Widerstand eines Menschen, der einem inneren
Drang folgend, nur noch imstande ist das Gegenteil
dessen zu erzählen, was gemeinhin als „die Wahr-

heit" gilt. Ich stelle mir jemanden vor, der unter einem inneren Druck in sich selbst gepresst und komprimiert wird, sozusagen zur zip-Datei seiner selbst geworden und diesen Zustand sieht er verweilen, wenn er nicht lügt.

Die Lüge nur entpackt ihn, richtet ihn innerlich auf, leert und befreit ihn.

Das wiederum versetzt ihn schlechterdings in die Lage wieder zu atmen. Es ist nicht so, dass ich ein solches Verhalten billigen könnte- noch würde ich jemals den Versuch unternehmen einen gewissen neuen, dem heutigen Leben angepassten Imperativ zu entwickeln. Ich müsste also lügen, wenn ich behauptete so etwas läge in meiner Absicht. Lügen, ja, das möchte man in der Regel vermeiden. Und wenn dies nicht gelingt, dann es doch mindestens ein klein wenig vertuschen.

In langen, fast ausufernden Gesprächen hatte ich es versucht dies Hector näherzubringen. Ohne mich allzu sehr loben zu wollen, denke ich, dass es mir – zumindest in Teilen gelungen ist.

Die Obstbrände und die ungewöhnlichen und

mannigfachen Färbungen meiner Theorien dürften diesen Prozess zusätzlich unterstützt haben.

Freilich ändert das weder am Verhalten des einen noch des anderen etwas.

Zu viel, um Hectors verstorbene Frau zu zitieren, darf man eben nicht erwarten. Nicht zu viel erwarten? Schon steigt eine neue Theorie in mir auf, verfängt sich mit der ersten, es kommt zu einem Kampf, dann zu einem Tanz im Gleichschritt, wobei helle und dunkle Farben ungehemmt und impulsiv ineinander laufen. Ganze Theorie-Filme mit unterschiedlichen Akzentuierungen sausen durch meinen hochroten und erhitzten Kopf. Nicht zu viel erwarten? Oder niemals viel genug?

Vielleicht sollte ich demnächst bei meinen zahlreichen Besuchen bei Hector grundsätzlich den so gesellig machenden Alkohol weglassen. Als hätte ich das nötig.

Um nüchterner zu werden, kaue ich an dem abscheulichen Teegebäck. Wie lange dieses wohl schon auf jenem Teller lag? Hector schenkt eilig nach, vielleicht um eben diese Frage aus der Welt zu schaffen, und ich bin zu höflich, um abzulehnen.

Noch immer tanzen sie wild um mich herum, die Theorien. Grau sind sie nicht immer.

Doch werden wir unterbrochen. Der Baron! Wie immer klopft er an die Hintertür. Hector lässt ihn ein.

Es ärgert mich tatsächlich, dass ich Hector und seine Aufmerksamkeit nun nicht mehr für mich allein habe, und doch regt sich zugleich in mir auch eine gewisse Neugierde auf das, was der windige Baron heute wieder so zu berichten weiß. Hector schenkt auch ihm Obstschnaps ein. Der Sessel ist ein wenig unbequem, denke ich noch.

Das kann sich unter Umständen nachteilig aus-wirken. Die Geschichten vom Baron sind nämlich langwierig. Dann lasse ich mich träge von den Lügen davontragen wie auf einem fliegenden Teppich. Hector gießt sich nach, doch erkenne ich, dass seine Konzentration noch immer gebündelt ist. Der Baron redet und redet, schwafelt und spuckt dabei, faselt und braselt. Müde werde ich. Hector holt sich eine Decke, und ich beschließe, dass ich morgen, ja, spätestens morgen, meine Theorien über all das zu Papier bringen werde. Heute bin ich zu bedieselt, und mein Gehirn fühlt sich an als habe es jemand mit seiner Zunge unmoralisch leicht außer Gefecht gesetzt. Wir sprachen die Nacht durch. Gegen 5 Uhr früh, es mag auch halb 6 gewesen sein, schliefen wir ein, und wie soll ich es nur sagen: Ich erwachte von dem Geräusch einer Tür, die von außen zugeschlagen wurde und schrak auf. Doch alle waren noch da, schlafend neben mir: Hector und der Baron. Wer also sollte das Haus verlassen und dabei noch einen so unfeinen Krach gemacht haben?

Noch nicht so ganz erwacht, fiel mir das Denken schwerer als sonst.

Doch ein Blick auf das wachsweiße Gesicht des Barons und seine ungewöhnlich steife Körperhaltung ließen den Verdacht in mir aufkommen, dass es wieder einer der Boten gewesen sein könnte. Einer der Boten des Todes.

Hektisch weckte ich Hector, der sich, erstaunlich gefasst, über seinen Sohn beugte und mir sein Ableben mit einigen medizinisch und somit sehr sachlich klingenden Fachausdrücken untermauerte.

Ehrlich gesagt machte eben diese vollkommene Abwesenheit jedweder Betroffenheit es für mich schwer an Hectors Unschuld zu glauben. Hatte er am Ende etwas mit dem Tod des Barons zu tun? Hatte er Hand in Hand, gemeinsam mit dem Todesboten bewusst darauf hingewirkt?

Waren Obstschnaps oder auch die Kekse präpariert? Der Baron, so glaubte ich zu wissen, war vergiftet worden und, vollkommen unspektakulär, im Schlaf gestorben. Auf dem Sofa seines Vaters, von wo aus er als Kind seine ersten Schritte in die Welt gewagt hatte. Eine später durchgeführte Obduktion bestätigte diese meine Vermutungen.

Hector jedoch wurde niemals zur Verantwortung gezogen. So verbrachten wir die Abende wieder zu zweit. Ich kam auf die etwas unvernünftige Idee Varianten vom Tod des Barons zu erfinden. Hector war beinahe süchtig nach diesen Geschichten. Mal unterband der Baron einen Bombenanschlag und rettete zugleich 178 Menschen das Leben, dann wieder saugte er einem winzig kleinen Jungen in Australien Schlangengift aus der Wade, mit einer einzigen Blutspende rettete er eine gesamte Familie aus Kiew, zudem einen maladen Berufs-Matrosen aus Savona, und einmal bewahrte er gar einen voll bemannten Personenzug vor dem Entgleisen, indem er sich an die Starkstromleitungen hängte und den Schaffner zu einer Notbremsung zwang, die allen anderen, den Baron leider ausgeschlossen, vor dem sicheren Tod bewahrt hatte.

„Hat er am Ende doch noch etwas Gutes getan, mein Junge", stellte Hector an solchen Abenden feierlich fest, und das ein oder andere Mal kullerte eine kleine Träne aus seinem linken Auge.

„Ja", bestätigte ich ihm diese auf keinerlei Fakten oder auch nur Wahrscheinlichkeiten basierende Aussage, und wir tranken einen Obstschnaps auf den Baron.

Bei einem einzigen ist es, offen gestanden, nie geblieben.

Doch das Mürbegebäck- das habe ich nie wieder angerührt.

Der Schlangenmensch

Der Schlangenmensch unterschied sich von anderen vor allem durch seine enorme Vorliebe für Schlangen, welche so stark ausgeprägt war, dass er jeglichen Kontakt zu anderen Menschen bereits von sich abgestreift hatte wie ein nicht längst mehr willkommenes Kleidungsstück, oder aber, um bei den Schlangen zu bleiben, eine nicht mehr benötigte Haut. Schon immer waren ihm Menschen suspekt gewesen. Was genau ihn so an ihnen störte war im Nachhinein nicht mehr so recht auszumachen. Auf Anhieb hätte er wohl ihre Unberechenbarkeit benannt, doch auch das ist nur eine Vermutung, die aus seinem früheren Verhalten abgeleitet werden könnte. So hatte er sich durch Konstanz in seinem Verhalten ausgewiesen und Wert darauf gelegt Abweichungen in seinem Tagesablauf möglichst gering zu halten. Zumindest belegen dies die Zeugenaussagen, welche im Laufe der Befragungen schriftlich festgehalten wurden, nachdem die Kunde seines Todes die Runde gemacht hatte. Einige Tage waren vom Zeitpunkt seines Ablebens vergangen, bis man überhaupt auf sein Fehlen, vielmehr auf das Fehlen einer alltäglichen Handlung, aufmerksam geworden war. Es waren die hastigen Schritte im Treppenhaus gewesen, das leise Heimbringen der noch lebenden Nahrung für seine Schlangen, überwiegend Mäuse und Ratten. Das leise, fast verschämte Geräusch, welches das Umdrehen des Haustür- Schlüssels im Schlüsselloch verursachte, war verstummt. Drei ganze Tage hatte es gedauert bis dieses, unbewusst wahrgenommene Geräusch, beziehungsweise eher dessen Fehlen, einem Anwohner des zweiten Obergeschosses aufgefallen war. Das Bild, welches sich den Polizeibeamten, die schließlich gewaltsam in die geräumige Wohnung des Schlangenmenschen eingedrungen waren, bot, war so grotesk, dass man es nicht geglaubt hätte, wäre einem lediglich davon erzählt worden. Es erinnerte an die Zeichnung in der Erzählung von Saint Exupéry, jene, in der eine Schlange einen Elephanten verschluckt hatte, was sich dem ungeübten Betrachter zunächst jedoch ausnahm wie ein überdimensionierter Hut. Ebenso wurde der Schlangenmensch, vielmehr das, was nun von ihm übrig geblieben war, gefunden. Es ist mir als Erzählerin durchaus bewusst, dass ich beim Wiedergeben solcher seltener Geschehnisse eine gewisse Verantwortung trage, die es mir verbietet allzu phantastische und scheinbar unglaubwürdige Geschichten preiszugeben. Daher würde ich dies auch nicht tun – wenn es denn eine andere Möglichkeit gäbe als diese, welche sich ausschließlich aus der Wahrheit speist. Wie konnte ein Mann, zugegebenermaßen kein sehr großer Mann, eher schmächtig und von kleinem Wuchs, aber dennoch ein Mann, von seiner eigenen Schlange gefressen und verdaut werden? In seinen offen herumliegenden Tagebüchern las man, aufgrund einer gezielteren Befunderhebung und zur Klärung dieses durchaus kriminalistischen Rätsels, sofort und nach, dass eben dies sein sehnlichster Wunsch gewesen sei. Eine Vereinigung mit seinen geliebten Schlangen im Tod. Doch der Wunsch allein, in allen Ehren, stand dennoch der physikalischen Unmöglichkeit einer solchen von der Schlange vorgenommenen Handlung im Wege. Das eilig herbeigerufene Team blieb indes ratlos. Beim Oberkommissar setzen gar so heftige Kopfschmerzen ein, dass er den Rest des Tages, einen dringenden Arzttermin vorgebend, mit den Beinen in der Isar baumelnd verbrachte, wild grübelnd und bar jedes Erklärungsansatzes, beinahe hilflos - wie es sonst gar nicht seiner Art die Dinge anzupacken entsprach. Eine Art Lähmung hatte ihn ergriffen und eine unbestimmte, lähmende Furcht, die er jedoch eben noch vermochte zu verscheuchen. Konnte der Wunsch eines Menschen die Gesetze der Natur auf den Kopf stellen? „Mei, die Isar kann ich auch in Gedanken nicht einfach mal so rückwärts fließen lassen!", schlussfolgerte er grimmig. Wie also war es dem Schlangenmenschen gelungen auch noch mit Haut und Haaren gefressen zu werden? Welches Geheimnis hatte er mit keinem anderen Menschen teilen mögen? Wäre es denn möglich, dass die Schlangen ihm bei der Lösung behilflich sein könnten? Während die Nacht sich über München neigte, erschien ihm ausschließlich diese die einzig denkbare Möglichkeit zu sein, um an einigermaßen brauchbare Informationen bezüglich des merkwürdigen und so gänzlich grotesken Ablebens des rätselhaften, ausnehmend schrulligen Schlangenmenschen zu kommen. Seinen allerersten Gedanken, nämlich wieder zum Tatort zurückzukehren, verwarf er zunächst. Dort würde er die Schlangen nicht mehr vorfinden. Und doch, aller Vernunft zum Trotz, zog es ihn zurück in diese Wohnung. „Man müsste sich biologisch besser auskennen", dachte er noch. Vielleicht gab es ja weitaus größere Schlangen, als er bisher angenommen hatte. Auch ein Oberkommissar konnte schließlich nicht alles wissen. Ohnehin war das mit der Biologie bereits in der Schulzeit nicht sein Lieblingsfach gewesen. Die Kollegen würden sich darum kümmern, das wusste er, und es beruhigte ihn, zu jeder Tag- und Nachtzeit auf dem Laufenden gehalten zu werden. Seine Stärke war eindeutig der kriminalistische Spürsinn. Ebenso seine Zähigkeit Also betrat er die Wohnung erneut. Erwartungsgemäß hatte die Spurensicherung, der gerissene

Pathologe und die hinzugerufenen Tierfänger mit diversen Käfigen wie immer ganze Arbeit geleistet. Von Schlangen und dem Schlangenmenschen war nicht einmal mehr ein Fetzchen Haut noch Haar zurück geblieben. Konzentriert besah er sich nun nach und nach die anderen Räume der Wohnung um zu prüfen, ob sich in dem allgemeinen Durcheinander etwas dem Auge des Betrachters entzogen haben mochte. Hierbei verließ er sich ganz auf seinen Instinkt. Er begann sich daher auf dem Boden kriechend fortzubewegen, um ein besseres Gefühl für Schlangen zu entwickeln. Gerade war er dabei an dieser Fortbewegungsweise einen gewissen Gefallen zu finden, als er eine grauenhafte Entdeckung machte. Etwas Ungeheures bewegte sich zielsicher auf ihn zu. „Ach, das Wasser der Isar", dachte er wehmütig und wunderte sich zugleich über diesen Gedanken, der ihm in dieser Situation nicht eben angemessen zu sein schien. Was dann geschah, möchte ich aus Rücksichtnahme auf die zarten Nerven mancher Leser verschweigen. Nur so viel sei hier angedeutet: Als ihn der Anruf seines

Mitarbeiters erreichte, welcher die nachfolgende Textnachricht enthielt: „Es handelt sich um eine Anakonda, noch nicht ganz ausgewachsen", da war er nicht mehr in der Lage sich noch daran zu erinnern, dass er irgendwann tatsächlich schon einmal von einer solchen Schlange gehört hatte. Nein, er war nicht mehr in der Lage dazu, denn ein zweites, hutartiges Gebilde hatte sich erneut in der ehemaligen, erfreulich zentral gelegenen Wohnung des Schlangenmenschen zusammengefügt, und diesmal würde es sehr lange dauern bis jemand vom vollkommenen Verschwinden des Oberkommissars Kenntnis nehmen würde.

Auch Schlangen, in alter Zeit schon wusste, wer etwas auf sich hielt, davon, sind Boten des Todes.

So wie auch gelegentlich Frösche, Rotkehlchen und allerlei Gewürm. Manch einen hat dies dennoch nicht gestört. Vor allem dann nicht, wenn sie den Boten suchten. Ausdrücklich suchten.

Das ist selten, doch kommt es vor.

Wellen der Zeit

Ich nannte ihn *„Mein alter Ukrainer"* oder *„mein alter Kapitän."*
Natürlich weiß ich, dass er nicht *mein* Ukrainer und noch nicht einmal ein echter Kapitän war.
Er lebte in der Wohnung über mir, vor allem aber lebte er auf dem Balkon davor, so dass ich ihn, wann immer ich nachhause kam oder von zuhause wegging, erblickte. Er stand dort wie ein stattlicher alter Kapitän, das Gesicht immer leicht gerötet, mit großem weißen Bart und üppigem, ebenso weißem Schopf. So blickte er auf uns als seien wir das Meer, als bildeten wir eine Einheit, ein großes Etwas. Vielleicht aber sah er auch nur kleinere und auch größere Fische in uns. Ich vermute kleine. Doch arrogant konnte man ihn deshalb nicht nennen.
Sein Herz war leicht zu brechen. Hierzu bedurfte es nicht mehr als einer kleinen Katze.
Manchmal, sehr selten, traf ich ihn an den Haus-Briefkästen, wo er mir von seinem Umzug nach Deutschland erzählte, der beinahe gar nicht stattgefunden hätte, wobei auch hier eine Katze die

zentrale Rolle spielte. Sie war nämlich beinahe der Grund, warum er, allen Vorbereitungen und Notwendigkeiten zum Trotz, kurz vor dem Umsetzen seiner Reise doch zuhause, in der Ukraine, geblieben wäre. Wie er es am Ende geschafft hat doch noch wegzufahren, seine Katze zu verlassen, hat er mir nicht erzählt. Nur dass er in den ersten Wochen immerzu vom Weinen überwältigt war.

Ich stellte es mir bildlich vor. Mein stattlicher Kapitän, geschüttelt von Tränen und Kummer um eine kleine, weiße Katze, die er zurück hatte lassen müssen. Die wenigen Male, die ich ihn lachen sah, standen immer im Zusammenhang mit irgendeiner Katze, die sich dazu bereitgefunden hatte seine Beine zu umstreifen und zu umschnurren.

Als ich wegging, in eine andere Stadt zog, war mir das Zurücklassen des Kapitäns wohl fast ebenso schwer gefallen. Zwar weinte ich nicht, vielleicht auch deshalb nicht, weil ich wusste, dass ich jederzeit in dieses Haus würde zurückkehren können, war es doch nur etwa zwei Stunden mit dem Zug von meinem neuen Wohnort entfernt, und trotzdem hatte sich eine Wehmut auf mich gelegt, wenn ich an den Kapitän dachte.

Niemand sah nun noch vom Balkon meines neuen Wohnsitzes herunter, keiner blickte mir hinterher wenn ich das Haus verließ, oder wenn ich an den Abenden dorthin zurückkehrte.

Vielleicht war das der Grund warum ich, wann immer es mir möglich war, nach einem Vorwand suchte, um, und sei es nur zu kurzen Besuchen, in mein altes Haus zurückzukehren. Das Gefühl als Erstes meinen alten Kapitän zu sehen, wann immer ich in diese vertrauten Gefilde zurückkehrte, kann ich kaum beschreiben. Über die Jahre wurde er schmaler, doch sein Bart und sein Haar blieben weiß und bildeten dabei einen höchst energischen Kontrast zu seinen wettergegerbten Armen und dem etwas zu rosigen Gesicht. Das Rot dieses Gesichtes ließ ihn auf eine merkwürdige Art schüchtern wirken, obwohl ich weiß, dass man ihn daher im Geheimen des übermäßigen Alkoholkonsums verdächtigte. Zu Unrecht – so viel zumindest wusste ich genau. Was ich nicht wusste war, was für ein Schicksal ihn ereilt hatte, als ich das vorletzte Mal zu Besuch in meinem alten Haus weilte.

Ich traf ihn im Aufzug, es blieb nicht viel Zeit, nicht viel mehr, um sich zu grüßen und eine kleine, belanglose Freundlichkeit auszutauschen.

Doch war er nun unübersehbar krank. Abgemagert mit trüben Augen und seinem noch immer etwas scheuen Lächeln. Als er, viel zu schnell, aus dem Aufzug stieg gewahrte ich für den Bruchteil eines Augenblicks den Schatten, den Boten des Todes.

Auch hatte ich merkwürdige Visionen an Bushaltestellen. Nackte Frauen, drei an der Zahl. Nur zwei Monate später, als ahnte ich, dass nicht sehr viel Zeit blieb, kehrte ich ein letztes Mal zurück.

Indes war es stärker als ein Ahnen, fast war es zur Gewissheit geronnen wie ein teigiger Klumpen von Schmerz und Erde. Der Schatten wollte mir nicht aus dem Sinn. Meine Blicke suchten ihn auf dem Balkon- vergeblich, doch nicht überraschend. Ich fühlte mich seltsam hilflos und traute mich nicht zu klingeln, um bei seiner Frau nach dem Kapitän zu fragen.

Doch mit einem Mal sah ich auf der gegenüberliegenden Straßenseite seinen Sohn an der Bushaltestelle auf einem Bänkchen sitzen. Ich eilte so schnell ich konnte dorthin, tat so als würde auch ich auf einen Bus warten und eröffnete das Gespräch mit einem Thema, von dem ich mir recht sicher war sein sofortiges Interesse zu ge-winnen: Katzen. Über die Katzen kamen wir auf andere

Dinge zu sprechen, dann wieder auf Katzen. Auch über dieses Thema bewegte ich mich also vorsichtig, ängstlich beinahe auf seinen Vater hin, kam dann auf ihn zu sprechen, und meine Befürchtungen wurden zu einer endgültigen und nicht mehr zu beeinflussenden Gewissheit. Der Kapitän war seit September tot. Auch hier blieb nicht viel Zeit. Der Bus, in welchen schließlich nur der Sohn einstieg, fuhr an, nahm den Spross des Kapitäns in sich auf und wurde kleiner, und kleiner während er sich die lange, gerade Straße entlang tastete. „Er war mein Freund", sagte ich laut in das dumpfe Nirgendwo hinein, welches sich mächtig in mir aufgetan hatte. Es war vorbei. Nichts und niemand befand sich nun noch auf dem Balkon. Noch nicht einmal ein Schatten. Wozu auch? Die Schatten, die Boten des Todes, suchten mittlerweile andere Häuser auf. Hier erschien mir nun alles grau und leer. Eine Weile noch stand ich vor dem Haus, wartete bis der nächste Bus von der Universität in Richtung Stadt heranfuhr, stieg ein und fuhr für immer weg. Für immer. Denn nie wieder kehrte ich zurück. Noch lange träumte ich von den drei Frauen die ich in den Tagen vor seinem Tod im September an Bushaltestellen gesehen hatten.

Da sie keine Kleidung trugen, hätte man sie wohl

verhaftet wenn sie nicht das Glück gehabt hätten nur von mir gesehen worden zu sein. Ich konnte mich gut an den Monat erinnern. Es war der erste im Jahreskreis an dem man nicht auf Kleidung verzichten sollte. Ihre Nacktheit hatte sie verraten. Denn nackt kommen wir auf die Erde- und nackt verlassen wir sie. Damit erzähle ich niemandem etwas Neues. Doch wissen wir das, was wir ohnehin bereits wissen, auch ausreichend zu deuten?

Was das nämlich betrifft bin ich mir keineswegs sicher.

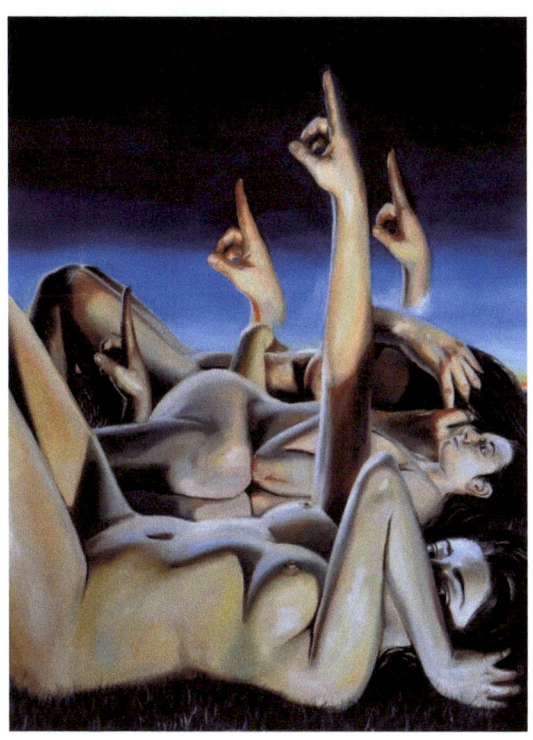

Anna

Mein Lieblingsplatz ist von jeher die Treppe vor dem Haus. Besonders wenn es warm ist, spielt sich mein Leben beinahe ausschließlich auf dieser Treppe ab. Und eben auf dieser Treppe saß ich auch, als ich Anna kennen- lernte. Sie musste wieder einmal von der Schule gekommen sein. Doch anstatt direkt zu sich nachhause zu gehen, wählte sie – wie immer in letzter Zeit – den Weg durch meinen Garten über den Pfad aus Kieselsteinen an meiner Treppe vorbei bis hin zu dem Briefkasten und wieder zurück. Bei offenem Fenster hatte ich sie schon des Öfteren gesehen oder gehört, wenn das leise Knirschen der Kieselsteine ihr Kommen angekündigt hatte. Ich hatte sie nie gefragt, warum sie nach der Schule durch meinen Garten lief. Auch nicht, warum sie dann zu meiner Treppe bog, als wäre sie hier zuhause, nur um dann wieder kehrt zu machen und ihren Weg fortzusetzen.

Die Frage schien mir überflüssig zu sein, denn allzu offensichtlich erschien mir ihr Wunsch, in eben diesem Haus zuhause zu sein, durch diesen Garten und über diese Treppe nachhause zu kommen.

Vom Sehen kannte ich sie seit sie laufen konnte und ihre ersten Schritte an mir vorbei gemacht hatte. Doch meine erste wirkliche Begegnung mit ihr hatte ich am wohl ersten warmen Frühlingstag eines der vergangenen Jahre, als ich mit einem Buch auf der Treppe saß, während sie ihrem täglichen Ritual nachging. Ohne besondere Regung nahm sie meine Anwesenheit zur Kenntnis, drehte sich wie gewöhnlich direkt vor meinem Briefkasten um und entfernte sich wieder. Ich sah ihr nach. Nach kurzer Zeit schon war sie, wie jeden Tag, um die sich länglich hinziehende Kurve verschwunden, die sie zu ihrer Familie führte.

Am nächsten Tag war sie zu meiner Überraschung schon da, während ich mich gerade daran machte mich hinauszusetzen. Sie saß, ganz entgegen ihres sonstigen Rituals, auf der Treppe und sah mich an.

Ich lächelte ein wenig, doch getraute ich mich nicht zu sprechen. Etwas sagte mir, dass ich sie auch mit noch so gut gewählten Worten vertreiben würde.

So saßen wir nebeneinander in der Sonne. Ich las in meinem Buch, und sah hinter der Sicherheit meiner Sonnenbrille immer mal wieder vorsichtig zu ihr hinüber. An ihrer Art dazusitzen bemerkte ich, dass dort keine Bittstellerin saß.

Sie war trotz ihrer Scheu niemand, der um Einlass bat- vielmehr war sie jemand, der diesen Einlass fordert- ja- ihn unter allen Umständen verlangte.

Mit unbeeindruckter Selbstverständlichkeit blieb sie für eine Weile so neben mir sitzen bis sie schließlich wieder aufstand, und ohne den Kopf zu drehen hinter der sich nach rechts beugenden Kurve verschwand. Bereits am nächsten Tag ertappte ich mich dabei, wie ich auf sie wartete. Ich hatte keinen Zweifel daran, dass sie auch heute erscheinen würde. Das Knirschen des Kieswegs unter ihren Füßen kündigte sie schließlich an.

Ein beinahe unmerkliches Aufleuchten ihrer Augen wich einer gleichgültig scheinenden ernsten Gelassenheit. Als hätte sie nie etwas anderes getan, setzte sie sich erneut neben mich. „Mein Opa ist vor zwei Tagen gestorben", sagte sie beiläufig genug, um eben dadurch ganz unmissverständlich zum Ausdruck zu bringen, dass sie hierzu keinen Kommentar von mir wünschte. Ich nickte ein wenig, schob meine Sonnenbrille langsam etwas zurecht, und wieder schwiegen wir.

Nachdem sie später, ohne sich nochmals umzublicken, in ihre Kurve entschwunden war, überlegte ich angestrengt, was ich wohl alles hätte sagen können, um den toten Großvater wenigstens eines Kommentars zu würdigen, doch trotz aller Bemühungen fiel mir nichts dazu ein.

In den kommenden Tagen erfuhr ich von ihr ihren Namen und erlebte einige kurze Anflüge eines kindlichen Lächelns, welches jedoch mit einer geradezu erschütternden Regelmäßigkeit stets wieder zu erlöschen pflegte, noch bevor es zur vollständigen Entfaltung kommen konnte. Es erschien mir schon damals ein ungutes Vorzeichen dessen zu sein, dass ihre Kindheit, ihr Leben ebenfalls vor dem Zeitpunkt seiner vollständigen Entfaltung enden könnte. Ich begann mich vor dem Tag zu fürchten, an dem kein Knirschen von

Kieselsteinen mehr zu hören sein würde, und ich sammelte jeden Anflug ihres kleinen Lächelns, das stets mit der Traurigkeit eines in Glas gefangenen Schmetterlings erstarb. Nur einmal entfaltete sich ihr Lächeln ganz. Sie erzählte mir, dass ihr Großvater verbrannt wurde, und mit einer fast übermütigen Freude verkündete sie: „Jetzt glitzert er wie Diamanten." Ich nickte, als wüsste ich genau, dass es nur so sein konnte und nicht anders. Eine meiner Hoffnungen, einmal ein ganzes Lächeln von ihr zu sehen, war erfüllt worden. Eine zweite ebenfalls. Das Knirschen der runden Kiesel verstummte nicht – wenigstens nicht so schnell.

Doch sah ich ihre Kindheit in ihren Augen so rasant schwinden, dass es mir die Luft zu nehmen schien.

Im Zeitraffer verschwand alles, was kindlich war und alles, was lächelte.

Oft wirkte sie nun aufgebracht und verstört.

Mich nannte sie „die vergessene Königin", und sie verlangte nach meiner Sonnenbrille, um sich an mich zu erinnern, wie sie sagte. Ich gab sie ihr, und sie wirkte besänftigt und zufrieden. Sie berührte sogar meinen Arm und sagte mir, dass ich warm sei - aber nicht wegen der Sonne. Doch selbst dieser königliche Stand berechtigte mich nicht dazu ihr Geschichten oder Märchen erzählen zu dürfen. Er berechtigte mich nicht einmal dazu ihr Fragen zu stellen. Sie schien mittlerweile aller Worte überdrüssig geworden zu sein und zog es vor einfach neben mir auf der Treppe in der Sonne zu sitzen wie ein nachdenklicher kleiner Salamander.

Nach wenigen Wochen mit ihr hätte es mich nicht einmal verwundert, hätte ich mich selbst im Spiegel als alte Frau wieder gefunden. Es schienen nicht Monate vergangen zu sein sondern Jahre, vielleicht Jahrzehnte. Ich wusste damals nicht, dass sie krank war. Ich wusste es nicht, aber ich konnte es fühlen, doch sie danach zu fragen wäre undenkbar gewesen. Ihr gerader kleiner Rücken hatte mir das überdeutlich gesagt, der Rücken, den ich tagtäglich als einziges noch von ihr sah, bevor sie um die Kurve zog. Und als sie schließlich nicht mehr kam, pflegte ich ihr, obgleich sie für niemandes Auge mehr sichtbar war, lange nachzusehen.

Mein Wunsch ist einer jener törichten Wünsche jenseits der Realitäten: dass sie sich am Ende der Straße wenigstens ein einziges Mal umgedreht hätte.

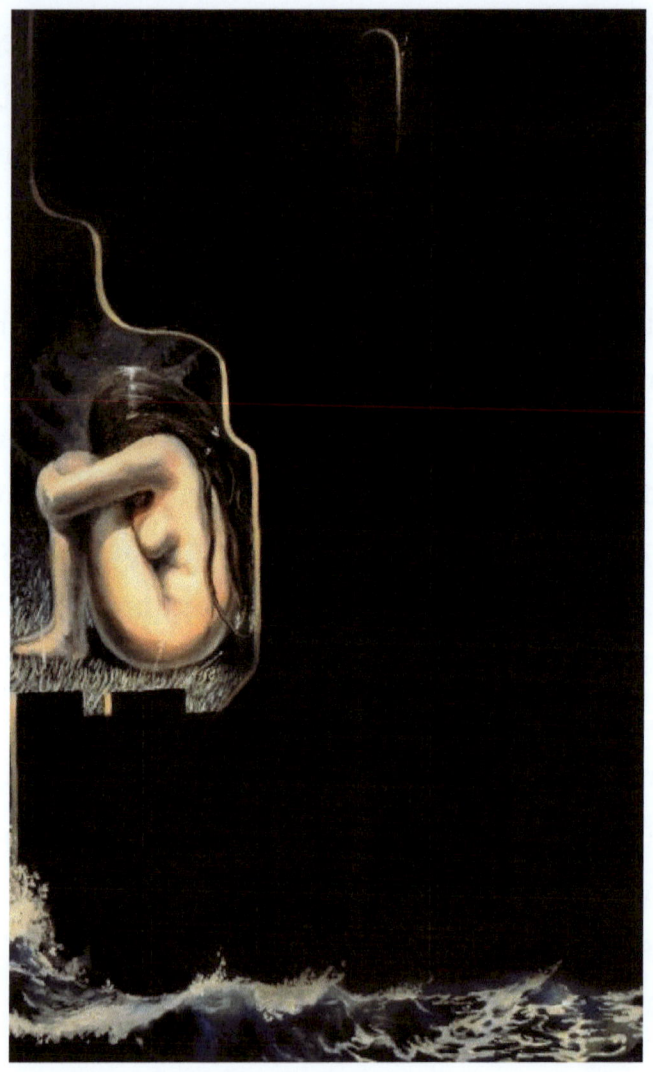

Zauberwesen

Sie schwamm stets mit ihm, vielmehr andererseits schwamm er, während sie sich auf seinem Rücken festhielt. Ich beobachtete sie an jedem der Tage, die ich in diesem Hotelpool zubrachte, denn erschienen mir beide wie aus einem Märchen oder aus einer griechischen Sage, nicht hierher gehörend und dennoch anwesend, beinahe so, als hätten sie sich in dieser Welt verirrt und müssten den Weg erst wieder zurückfinden. Dass eben dieser Weg unter Wasser sein würde, daran gab es für mich keinerlei Zweifel. Ein Teil von mir wollte ihnen helfen wieder in ihr Reich zu verschwinden, und am logischsten erschien mir hierzu die manuelle Betätigung der großen Sprudeldüsen, welche aus dem sonst eher ruhigen Hotelpool eine gewaltige Meeresbrandung machten. Selbst mir fiel es zuweilen schwer diesen Wassermassen Stand zu halten, zumeist gelang es mir nur, da ich mich krampfhaft an zwei eigens hierfür konstruierten Stangen festklammerte. Der Griechische Gott konnte sich nicht festhalten. Wie durch ein

Wunder manövrierte er sich und das glitzernde, schmale Wesen auf seinem Rücken ruhig durch das Toben des Wassers. Ich stellte mir vor, dass unweigerlich eine Art starker Unterdruck entstünde, sich hierbei ein geheimes Wasserportal öffnete, und die beiden behutsam zurück in ihre Märchen- und Sagenwelt Welt nehmen würde.

Mit etwas Glück mich gleich dazu, denn dort wollte ich hin. Nur dort, das dachte ich schon seit Längerem, gehörte ich wirklich hin. Der andere, rationalere Teil von mir begriff, dass es sich um ein Paar handelte.

Sie, klein und dünn, fast wie ein Kind, durch eine offensichtliche Muskelerkrankung um ihre Kräfte gebracht, er groß, massig und vor Vitalität geradezu strotzend. So trug er sie Tag für Tag während des Schwimmens auf seinem breiten

Rücken, während sie sich festklammerte, jeden Tag mit einem anderen, immerzu gleißend- glitzernden Badeanzug und der dazu glitzernden, passenden Badehaube versehen. Sie schienen sich zu genügen. Es gab absolut keinen Austausch mit den anderen

Badegästen. Kein Lächeln, keine Blicke. Es gab nur diese beiden Menschen, die für mich, Rationalität hin oder her, doch immer wieder zu einem Zauberwesen verschmolzen, zu einem Etwas, das aus den beiden so verschiedenen Menschen eine Einheit machte. Doch die Blicke und Worte gab es ohnehin nicht zwischen den Gästen. Jeder war für sich im Sprudelbad. Vielleicht war es deswegen, dass ich insgeheim auf sie zu warten begann und erst beruhigt war, wenn ich eine glitzernde Bade-haube schon von weitem sah. Gingen sie vor mir aus dem Wasser fühlte ich mich geradezu unfassbar vereinsamt, beraubt.

Erklären kann ich das indes natürlich nicht. Wieder einmal nicht. Ich versuchte einen Namen für das Zauberwesen zu finden, doch es gelang mir nicht.

Ein Name hätte das alles viel zu sehr festgelegt, eingeengt. Wer weiß, ob sie mit einem Namen beschwert überhaupt in ihr Reich würden zurückfinden können? Ab dem Tag, an dem sie nicht mehr erschienen- ich war mir nicht sicher, ob sie einfach abgereist oder doch vielmehr gemeinsam und unser aller Augen verborgen in dem geheimen, wild rauschenden Wasserportal verschwunden waren, begann ich das Wasser zu meiden. Es hatte seinen Zauber für mich verloren. Kein einziges Mal mehr bin ich seither dort gewesen. Natürlich ist mir klar, dass dies übertrieben zu sein scheint. Doch der leere, klaffende Schmerz, der in mir wuchs, nachdem ich vergebens nach dem Glitzern der bunten Badekappe Ausschau hielt, mag dem Leser als eine hinreichende Erklärung dienen. Ja, er wird, er muss ihn einfach verstehen.

Selbst dann, wenn er sie niemals gesehen hat, diese Kappe, dieses Glitzern, dieses seltsame, ruhige und so erhabene Wesen, dem ich mich niemals getraut hatte einen echten Namen zu geben.

Scherben in Moll

„Es ist aber Glas, es kann daher brechen", hatte er mir geradezu prophetisch zugeflüstert, während er die gerade für mich gekaufte Kette samt Anhänger aus venezianischem Glas vorsichtig um meinen Hals legte, wobei er meine Freude wohl vorausschauend bereits jetzt ein wenig abbremsen wollte- wissend, dass sie in nicht allzu ferner Zukunft so zerbrechen würde wie er es auch diesem Glasanhänger unterstellte. Doch sagte ich mir, kannte er mich in jener Hinsicht schlecht. Wie einen Augapfel würde ich ihn hüten, diesen Anhänger - selbst wenn meine Freude brechen würde, dieses Schmuckstück mit Sicherheit nicht. Sofort schloß ich sie meine Hand vorsichtig um den Anhänger um meine Entschlossenheit zu demonstrieren. „Spielst du mir noch etwas vor?"

Ich erinnere mich an diese Frage und auch daran, dass er kurz davor war sie zu verneinen, weil es in einem Hotelzimmer nicht unbedingt angebracht ist auf einer Klarinette zu spielen.

Doch dann entschied er sich um. Ich kannte den Grund. Bald würde er nicht mehr spielen können. Ich kannte die Diagnose des Arztes. An diesem Abend sah ich ihn ein letztes Mal für mich spielen, während ich den Anhänger aus Glas noch immer mit der Hand umfasst hielt. Danach, als ich längst wieder in Deutschland war, und wir telefonierten, spielte er mir noch einige Male auf der Klarinette vor, doch sah ich ihn dabei nicht mehr, sah nicht das Glück in seinem Gesicht wenn er spielte, sah dann, auch wenn ich sie erahnen konnte, die zunehmende Qual ebenfalls nicht.

Schließlich spielte er nicht mehr. Wir sprachen jedoch viele Stunden miteinander, erzählten uns alles, sogar unsere Träume. Als er schließlich noch nicht einmal mehr sprechen konnte, wählte er dennoch meine Nummer und ich die seine, da wir uns auf diese Art nahe waren. Ein Traum bewog mich, ihn noch einmal sehen zu wollen. Ich arrangierte einen Flug und buchte ein kleines Hotel unweit des Krankenhauses in dem er lag. Ich erinnere jedes Detail des Tages an dem zwei Dinge brachen.

Als hätte er es ganz genau gewusst. Woher sein prophetisches Wissen kam wusste ich nicht. Ich wusste nicht einmal, wie ich mein zerbrochenes Glück überleben sollte. In der gleichen Stunde in dem das Leben ihn mir nahm, berührte ich mit einer ungeschickten Bewegung meines Arms das Schmuckstück, welches sich auf der kleinen Ablage vor meinem Schlafzimmer befand. Es fiel auf den Steinboden, nur Millimeter vom rettenden Teppich entfernt, und zerbrach. Zwei Stunden später wurde ich durch das Krankenhaus in Padua von seinem

Tod in Kenntnis gesetzt. Das Glas wieder zusammenzukleben kam mir nicht in den Sinn.
Es wäre ja ohnehin nur ein sehr oberflächliches Zusammenfügen geblieben.
All meine Freude war jäh zerbrochen- ebenso wie das venezianische Glas.

Zur Beisetzung war ich in Padua, war bei ihm.

Von Band spielte er selbst die Trauerlieder, was merkwürdig war. Doch in dem Moment, in dem seine Klarinette ansetzte zu spielen wusste ich, dass – irgendwann – aus all den zerbrochenen Teilchen - ein großes, ein ganzes Teil werden würde. Der Klang der Klarinette trug mich wie ein Vogel durch die Zeit. In der Tasche spürte ich die Teile meines venezianischen Glases.
Sie warteten dort, wie ein kleines Mosaik, darauf Teil des Ganzen zu werden.
Zumindest kam es mir in jenem Augenblick so vor.
Dann vergaß ich zu denken.

Die Klarinette trug mich sanft und leicht, traurig und schwer, ganz stetig mit sich fort.

Remember me

Es war ungewöhnlich heiß, und das Hotel verfügte über keine Klimaanlage.

Die Hitze war eine bösartige, dumpfe Wolke, die mir den Atem raubte, meinen Kopf zum Kochen brachte und mich daran zweifeln ließ, ob ich jemals wieder halbwegs lebendig zu mir kommen würde. In Hotels zu schlafen kann schon schwierig genug sein und dann noch bei solchen Temperaturen!

Doch es gab einen Grund warum ich unbedingt wieder aufwachen musste. Das war die Frau, die im Speisesaal neben mir saß.

Zum Glück gab es sie: Die ausnehmend schöne, diese prachtvolle Frau, welche in meinen Augen mehr einer Elbenfrau aus dem „Herr der Ringe" oder aber der feenhaften Vertreterin aus anderen Sagen als einem Menschen glich. Sie saß während der Hotelmahlzeiten direkt am Nebentisch.

Genauer gesagt: Der Nebentisch war an jedem einzelnen Tag morgens, mittags und abends liebevoll für sie gedeckt. Sie selbst erschien nur gelegentlich und, wie es in so einem kleinen Hotel nicht ausblieb, wurde mir durch Klatsch zugetragen, dass sie krank sei. Was sie genau hatte, worunter sie litt, wusste niemand – oder aber ich hatte nicht genug insistiert, um es schließlich doch auf diesem Weg herauszufinden. Es wäre mir allerdings, angesichts ihrer so vollkommenen Liebenswürdigkeit, einfach mehr als schäbig vorgekommen. Sie lächelte sogar freundlich zu dem kleinen Mann mit Anzug, der sich die gesamte Tasche mit belegten Broten vollstopfte, und der daher von den anderen just links liegen gelassen wurde, was er mit einem fragenden, schönen Lächeln quittierte. Sie sprach mit dem traurigen Portier, der unter Morgendepressionen litt und erkundigte sich mitfühlend nach seinem Befinden. Dem feisten, stets etwas verschwitzten Oberkellner zwinkerte sie aufmunternd zu, wenn ein besonders schlecht gelaunter Gast seinen Ärger wieder mal an ihm ausließ, und dem alten, etwas vertrottelten Schweizer, der immer nur „wunderbar!" rief und dabei ganz enthusiastisch lachte, winkte sie fröhlich. Sie erinnerte sich oftmals, ohne Vorwarnung, nicht mehr so richtig an das ein oder andere, doch durch ihre Art sorgte sie dafür, dass man sich an *sie* erinnerte.

Mir beispielsweise schenkte sie, ganz beiläufig, einen kleinen Anhänger aus venezianischem Glas. Einen Engel. Ich trug ihn von diesem Tag an immerzu. Morgens, wenn ich den Schmuck anlegte, kam sie mir in den Sinn, abends, wenn ich ihn wieder abnahm, ebenso. Ich erinnerte mich ständig an sie. Ihr Vergessen kam mir in den Sinn.

Ihr Vergessen, sowie die zunehmende Gewiss-heit, dass es sich bei ihrer Erkrankung um eben dies handelte: Um die Krankheit des Vergessens. Es ist, wie ich finde, eine grausame Erkrankung, selbst wenn man immer wieder zu hören bekommt, dass die Betroffenen nicht wirklich betroffen seien. Zumindest nicht mehr sobald sich das Vergessen ausreichend in ihnen ausgebreitet hätte. Wer kann das beurteilen? Ich sehe ihr Gesicht vor mir, als sie mir den Engel überreichte. Fast flehend die Augen. „Vergiss mich nicht- vergesst mich alle nicht." Wie könnten wir? Weder der kleine Mann mit Anzug, noch der depressive Portier, weder der Oberkellner, noch der alte Schweizer würden sie vergessen. Und ich, nein. Schon der kleine Engel würde dies zu verhindern wissen. Wir alle würden uns an sie erinnern. Es konnte nicht anders sein!

Als ich, entgegen meinen sonstigen Plänen, im frühen Winter nochmals in das Hotel kam, war sie fort. Heiß war es nicht mehr. Ich fröstelte. Vor allem, wenn ich zu dem leeren Tisch neben mir sah. Fast sehnte ich die sommerliche Glut-Hitze zurück- so erbarmungslos sie sich auch gezeigt hatte, so sehr ich damals mein eigenes Überleben in dieser Hitzewelle bezweifelt hatte: Da war ein Grund gewesen sie überleben zu wollen.

Ein Grund. Jetzt, die Kälte zog alles zusammen, und die Italiener boten in den Hotels noch immer nur diese hauchfeinen Laken an, die sie Decken nannten, vom Sommer war indes nichts mehr zu spüren. Wie fehlte sie mir. Wie fehlte sie dem ganzen Hotel! Ach, es war alles nichts mehr! Außerhalb der Saison, dachte ich noch, sollte man einfach nicht verreisen.

Hannahs Tod

Hannah, meine ältere Cousine, hat sich das Leben genommen. Wir alle wussten, dass sie viel hatte durchmachen müssen in ihrem Leben. Es war beinahe so als schämte sie sich dafür, überhaupt auf der Welt zu sein. In der Tat hatte meine Tante sie damals unbedingt abtreiben wollen, doch meine Mutter hatte sie überredet, Hannah zu gebären. Sie hatte ihr dann auch gleich angeboten, Hannah zu sich zu nehmen. Daher war sie eher so was wie eine ältere Schwester für mich gewesen, nicht wie eine Cousine. Ich hatte sie früher immerzu *„meine Hannah"* genannt. Als ich noch klein war, war ich geradezu vernarrt in sie und ich ließ sie nicht aus den Augen. Und obwohl alle immer sehr freundlich zu ihr waren, wirkte sie zeitlebens abwesend. Ich denke, dass sie unter dem schier unbesiegbaren Dämon litt, den man Depressionen nennt. Sich dem zu stellen erfordert wohl die gesamte Lebenskraft. Einmal, als es so schlimm geworden war, dass sie nicht mehr aufstehen konnte, war sie in die Psychiatrie gebracht worden. Als ich sie dort besuchte, zusammen mit meinen Eltern, hörten wir schon draußen die Schreie derer, die dort waren. Diese Schreie konnte ich nie vergessen. Und auch nicht die der Verstummten. Meine Angst, selbst eines Tages dort zu landen, an diesem namenlosen Raum, entstand an diesem Tag. An ans Bett gefesselte, verzweifelte Menschen dachten, an quälende Elektroschocks und an unendliches Leid. Ich hatte Angst vor diesen gemarterten Menschen, die da so schrien als ginge es um ihr Leben. Vermutlich tat es das sogar. Und es gibt viele Arten, einem Menschen das Leben zu nehmen. Nur Hannah schrie nicht, und war auch nicht ver-stummt. Sie saß da wie immer, ab und zu sagte sie etwas. Ihre Stimme liebte ich. Und so blieb sie auch, nachdem sie wieder zuhause war. So saß meine Hannah meistens da wie eine schöne, traurige Puppe und ich drang nicht zu ihr vor. Nur in ihrem Zimmer, da durfte ich sein. Sie zeigte mir ihre „Glückspillen". Medikamente, die sie einnahm. Auch wenn viele sagten, Hannah sei labil: Sie war es nicht. Jeder Tag muss ein Kampf für sie gewesen sein. Und niemals gab sie auf. Sie war einfach da mit ihrem schönen, blassen und hoffnungslosen Gesicht das von langen, dunklen Haaren eingerahmt war. Als Kind dachte ich immer, sie sei das leibhaftige Schneewittchen. Und wie dieser vergiftete Apfel in Schneewittchens Kehle, steckte das lähmende Gift der Depression in ihr. Dann kam er, ihr Prinz. Besonders prinzenhaft fand ich persönlich ihn zwar nicht, er war eher so ein selbstverliebter Weiberheld, aber Hannah lachte zum ersten Mal seit ich denken konnte. Ich weiß noch, wie märchenhaft schön sie in ihrem langen, weißen Brautkleid ausgesehen hat. Als sie ihn verlor, nahm sie sich das Leben. Im Tod hat sie ein weißes Kleid getragen. Zumindest in meiner Vorstellung davon lag sie so in ihrem gläsernen Sarg. Ihren wirklichen Sarg und sie konnte ich nicht ansehen. Ich konnte es einfach nicht. Doch selbst wenn hätte ich es nicht gedurft. Von ihr waren nur noch die zerissenen Körper-Stücke übrig, die Bahnarbeiter und Kriminalbeamte von den Gleisen aufgelesen hatten. Während der langen Beerdigung lief ich allein auf dem Friedhof umher. Wieder sprach man davon, dass sie labil gewesen sei. Doch das war sie nicht. Sie hat mehr ertragen als die meisten auch nur ahnen können. Und der Umstand, dass sie ihn verloren hatte, das war einfach zuviel gewesen.

Ich weiß genau, sie hätte alles ausgehalten. Jede kalte Hand die nach ihr griff, jede schwere Last die sich auf ihre Brust setzte, jedes Gefühl des Nicht-Weinen-Könnens weil alles viel zu traurig war, um auch nur eine einzige Träne verkraften zu können. Aber sie hätte es, nun da sie ihre Liebe gekannt hatte, nur noch mit ihr, mit ihm ertragen können. An dem Tag, der ihr Geburtstag gewesen wäre habe ich später *Mad World* für sie gespielt. Es passte zu ihr, und ich mochte es. Als Kind und auch später hatte sie mich in ihr Zimmer gelassen. Sie sprach kaum, doch ich durfte bei ihr sein. Einfach nur in ihrem Zimmer. Und dort habe ich gesehen, wie es ihr ging. Ich konnte es sehen und fühlen.

Hannah war oft, fast ständig, in meinen Gedanken und wenn ich ihn ab und an auch fühlte, den

Wassergeist der Depression, wenn ich dann dachte, dass ich keinen so offensichtlichen Grund für all dieses Traurig-Sein hätte wie sie, dann wusste ich, dass man für Depressionen keinen Grund braucht.

Sie überfällt einen wie eine schwere Mart von Migräne oder wie ein boshafter Dieb aus dem Hinterhalt. Meine Mutter hatte mich immerhin gewollt und so konnte ich noch zu dem Schluss, dass in meinem Gehirn etwas nicht stimmte, dann musste ich mich einfach ablenken. Ich konnte, es wäre einem schweren Tabubruch gleichgekommen, mit niemandem darüber reden und ich wollte es auch nicht.

Hannah, meine Hannah, davon bin ich überzeugt, hätte das verstanden. Viele Jahre noch träumte ich von ihr. Im Tod nun erschien sie mir glücklicher. Irgendwann war sie weg. Ganz weg.

Es fällt mir noch heute überaus schwer, das zu ertragen. Gleichzeitig jedoch kommt es mir so vor, als sei es ein gutes Zeichen – für beide von uns.

Die Schriftstellerin

Ich denke an die Schriftstellerin. Ihre Bücher
würden mir helfen denn ich würde ihre Bücher
kennen und nicht ihre Zweifel. Ich müsste sie nur
finden. Schnell. Meinen Bruder brächte sie mir
zurück. Das weiß ich genau. Sie könnte es- Auch,
wenn es nur für den Moment wäre in dem ich ihn
verlor.

Pflanzenblicke

Zuweilen, in letzter Zeit häufiger, kommt es vor, dass ich anstatt meines eigenes Gesichts im Spiegel eine Pflanze entdecke. Das ist nicht alles. Ich sehe die Pflanzen auch an der Stelle anderer Gesichter. So wie unlängst bei meinem Rechtsanwalt, der sich beklagte, ich würde ihm die Zeit stehlen und er wäre bald, und das sei mein Verschulden, insolvent. In diesem Moment sah ich eine sterbenswelke Urwaldpflanze, vermutlich eine Fliegenfresserin. Mein Anwalt, der ja nun eine Pflanze war, stank darüber hinaus auch noch ganz unverschämt vor sich hin. Nun, vermutlich konnte er nichts dafür. Er war ja jetzt eine Pflanze und somit deren Gesetzen unterworfen. Zudem machte ihm wohl die bevorstehende Insolvenz zu schaffen. Bei Menschen wie ihm konnte das einen Teufelskreis nach sich ziehen. Wer weiß, ob er sich etwas antun würde? Überhaupt. Immer dann, wenn ich statt der Gesichter Pflanze sehe, dann ist mir schon klar, wer die Hand nach ihnen ausgestreckt hat. Soll ich meinen Anwalt trösten? Verdient hätte er es eigentlich nicht. Auch ein Anwalt darf nicht einfach so Schuld verteilen. Und dann noch dieser Gestank. Verzweifelt sehe ich zum Fenster hin. Ob es sich öffnen lässt? Der Pflanzen - Anwalt murmelt etwas, und da sage ich ihm alles, was ich weiß. Er antwortet nicht. Doch welkt er nun sichtlich, ergrünt, erbräunt, zerfällt und sein Gestank wird bestialisch.

Der sizilianische Elephant

Durch eine kleine Unachtsamkeit nur geschah es, und der kleine Elephant aus Indien, der lange Zeit auf meinem Regal gestanden hatte, verlor das Gleichgewicht und zerbrach auf dem Boden in mindestens acht Stücke. Da war nichts mehr zu machen, das sah ich sofort....Normalerweise hätte ich dieser Sache keine allzu große Bedeutung geschenkt. Zwar war es um den filigran gefertigten Elephanten schade, doch hatte ich es mir ohnehin abgewöhnt mein Herzu zu sehr an materielle Dinge zu hängen. Etwas anderes begann mir Sorgen zu bereiten. Meine Freundschaft mit einem kleinen, alten, scheuen Mann, Vito, den ich auf Sizilien kennengelernt hatte, schien davon betroffen. Doch muss ich wohl weiter ausholen, um diesen Zusammenhang verständlich zu machen. Unsere Freundschaft basierte auf der gemeinsamen Liebe zu Elephanten. Wir waren uns vor Jahren in einem Geschäft begegnet, in welchem es ausschließlich Elephanten zu kaufen gab.

Aus aller Welt waren sie gekommen, hatten sich hier geduldig zusammengetan und warteten darauf mitgenommen zu werden. Die von ihm gekauften

Elephanten blieben allesamt auf Sizilien zurück, was durchaus kein schlechtes Schicksal war. Im Gegenteil! Jedoch mit einer für mich besonderen Ausnahme: Er schenkte mir einen hellgrauen, fein geschliffenen indischen Elephanten mit kleinen, Ornamenten auf dem Rücken.

Ich hatte mir mittlerweile ebenfalls eine ganze Sammlung zugelegt, und an meinem letzten Abend auf Sizilien, den wir in Taormina verbrachten, stellte ich den kleinsten von ihnen in die Mitte eines bepflanzen Blumenkübels, so dass es so aussah, als befände er sich nun inmitten eines grünen Urwaldes.

Dieser Blumenkübel befand sich neben einer Bank, von welcher aus man einen direkten Blick auf den Ätna hatte. Er lachte, als er mir sagte: „Schau doch, der kleine Elephant. Den besten Platz hat er hier, oder etwa nicht?"

„Ja", sagte ich. „Den besten Platz". So saßen Vito, der alte Mann, der überraschend zierliche Elephant und ich nebeneinander, sahen zum Ätna hin, waren fasziniert von dessen Antlitz (der Begriff „Anblick wäre bei etwas wie dem Ätna durchaus unzureichend), und zugleich waren wir auch ein wenig traurig. So wie man wohl immer ein wenig traurig ist, wenn man von liebgewordenen Orten oder Menschen Abschied nehmen muss. Wie wohl viele Urlaubsbekanntschaften es tun, versprachen auch wir uns in Kontakt zu bleiben.

Doch, entgegen der meisten dieser häufig äußerst leichtfertig dahingesprochenen Bezeugungen taten wir es tatsächlich.

Jedem seiner Briefe war das Bild eines Elephanten beigelegt, der sich irgendwo draußen, inmitten der prachtvollen Natur der sizilianischen Insel, befand. Meine Briefe trugen den fiktiven Absender (ich hatte mir wirklich große Mühe gegeben): „Stefano Leandro di Croce". Ob er Sinn ergab oder nicht, wusste ich nicht. Einen weiblichen Namen, meinen eigenen, hätte ich nicht verwenden können. Auch ich schickte ihm Bilder mit Elephanten.

Aufgenommen am Ulmer und am Strasbourger Münster, in London, Düsseldorf, Berlin oder Prag.

Kurz vor Weihnachten dieses Jahres rechnete ich erneut mit einem seiner Briefe, hatte ich ihm doch zuvor geschrieben und nie länger als zwei Wochen auf eine Antwort warten müssen, doch wartete ich vergeblich. Ich wartete den Januar und den Februar hindurch. Im März erwog ich gar eine kurze Reise auf die Insel zu unternehmen, um dort, vor Ort, nach ihm zu suchen, doch kam ein, wollte man meinem Chef Glauben schenken, unaufschiebbares

Projekt dazwischen, was meine Reise leider verunmöglichte.

Es gab keine Telefonnummer, obwohl ich wusste, dass er im Besitz eines Telefons war. Jedoch musste man hier bedenken, dass auch heute noch eine Freundschaft zwischen einer Frau und einem Mann, und sei sie auch noch so harmlos, dort durchaus als etwas Anstößiges galt.

Über seine Post- Adresse besorgte ich mir dennoch kurzerhand die Nummer und trug einem Freund aus Mailand auf dort unverfänglich anzurufen. Ich hatte nicht weit genug gedacht. Auf dessen Frage, ob denn Vito, zu sprechen sei, wurde ihm mitgeteilt, dass dies nicht möglich sei.

Nun folgte die nächste Frage, wo er denn sei, und wann man ihn wieder erreichen könne. Das steife Italienisch der Mailänder trug wohl offenbar nicht zur Vertrauensbildung bei, wenn man von einer fremden sizilianischen Familie eine solch persönliche Auskunft erhalten wollte.

 Und so erhielt er sie nicht, was mich zu den allerschlimmsten Annahmen trieb. Ich sah Vito vor meinem geistigen Auge im Krankenhaus. Den Friedhof schloss ich noch aus.

Mein Mailänder Freund hatte zumindest dies über Behörden und ungenannte Quellen in Erfahrung bringen können. Dass es ihm jedoch nicht gut ging – soviel stand nun für mich fest. Ich vermutete ihn in einem Krankenhaus und beschloss direkt nach Abschluss meines Projektes zu ihm zu fahren. Viele weitere Bilder von meinen Elephanten auf Reisen hatte ich ihm zu zeigen.

Doch an dem Tag an dem mein Elephant vom Regal fiel und zerbrach, hörte ich von weit weg seine Stimme und sein Lachen, als er mir sagte: „Schau doch, der kleine Elephant. Den besten Platz hat er hier, oder etwa nicht?"

„Ja", antwortete ich erneut. „Den besten Platz auf der Welt."

An diesem Tag ist er gestorben. Beweisen kann ich es nicht, doch fühlen. Meinen zerbrochenen Elephanten habe ich behalten.

Eines Tages möchte ich ihn wieder nach Sizilien bringen.

Die Tatsache, dass er keine Beine mehr hat, wird ihn nicht davon abbringen wollen aus dem Sicherheitsabstand des Blumenkübels heraus den Ätna betrachten zu wollen.

„Den mit Abstand besten Platz wird er bekommen, Vito", versprach ihm.

Den besten Platz.

Mors Certa

Die langen Ausflüge durch die brandenburgische Landschaft mit ihren winzigen Dörfern, welche, bereichert durch zahlreiche kleine Seen und gesäumt von duftenden Kiefernwäldern, wohlig gebettet auf den für sie so typischen Sandböden eine wahre Kostbarkeit für Juri Dreyfuss darstellten, so dass es ihm, besonders in den letzten Wochen, eine besondere Freude bereitete seine Zeit hier zu verbringen, lenkten ihn doch vom anstrengenden und etwas, wenn nicht sogar ganz und gar, freudlos gewordenen Alltag ab, der in Berlin zur Tagesordnung geworden war. Was sich genau geändert hatte, konnte er nicht sagen. Vielleicht war es auch einfach nur seinem mittlerweile etwas höheren Alter geschuldet. Immerhin ermöglichte ihm die Tatsache, dass er sich mittlerweile im Ruhestand befand, eine Chance, um die ihn seine früheren Kollegen sicherlich beneidet hätten. So konnte er nun nicht nur an den Wochenenden, sondern auch an den ganz normalen Wochentagen seiner größten Neigung nachgehen und das gesamte ländliche Umfeld eingehend erkunden. Durch sein so freundliches Wesen geschah es ihm auf diesen Ausflügen recht oft, dass er von der ländlichen Bevölkerung angesprochen und in das ein oder andere Gespräch verwickelt wurde. Auch heute war das so. Eine Frau, offenbar ebenfalls fremd hier, steuerte zielsicher auf ihn zu und fragte ihn wo sich der Friedhof in dieser Ortschaft befände. Dreyfuss stutzte. War auf diesem Friedhof denn irgendeine Berühmtheit beigesetzt, von der er nichts wusste? Fontane, Humboldt, Kleist, der berüchtigte Ritter Friedrich von Kahlbutz gar? In Gedanken ratterte er die lokale Prominenz herunter, doch niemand fiel ihm ein, der gerade hier seine letzte Ruhestätte gefunden haben mochte. Da er selbst nicht wusste wo sich der Friedhof befand, er jedoch von Natur aus zu Hilfsbereitschaft neigte, half er der Frau den dem Dorfe zugeordneten Kirchenacker zu finden, der sich ein wenig außerhalb befand und von großen Bäumen beschützt wurde. Sie bedankte sich höflich. Dreyfuss verabschiedete sich und setzte seinen Weg fort. In der nächsten Ortschaft wurde er erneut angesprochen. Diesmal war es ein Mann, der, zu Juris Erstaunen, ebenfalls wissen wollte wo sich in diesem Ort wohl der Friedhof befände. Juri Dreyfuss bemühte sich wacker das dumpfe Klopfen in seiner Brust zu ignorieren und half auch ihm das gewünschte Ziel zu erreichen. Der höfliche Mann, mit einer kleinen Erdschaufel ausgerüstet, bedankte sich ebenfalls äußerst liebenswürdig und freundlich, drückte langsam die eiserne Klinke des Friedhofzauns nach unten und verschwand hinter Grabsteinen und Mauern, welche auf der Vorderseite als Urnenstätten dienen mochten. Ratlos blieb Dreyfuss zurück. Im Grunde war er kein Mensch, der sich selbst als abergläubisch bezeichnet hätte. Und dennoch. Mit einem sehr deutlichen Ziehen im oberen Bauchbereich gedachte er der zahlreichen Märchen, die ihm seine Großmutter immer dann vorgelesen hatte, wenn er bei ihr zu Besuch war. Seine Mutter, wesentlich nüchterner als die Großmutter, hatte von so etwas immer abgesehen. Dafür hatte sie ihm vergleichs-weise harmlose Kinderlieder vorgesungen. Dreyfuss beschloss nun eines dieser Lieder aus der Kinderzeit vor sich hinzusummen um die Angst zu vertreiben, welche die Erinnerung an die Märchen seiner Großmutter aus seinem Innersten hervorgekramt hatte. Jeder wusste immerhin, dass sich im Märchen alles dreimal wiederholte bis die Katastrophe eintrat. Auch im Märchen fragten Fremde den einsam Wandernden oft nach dem Weg. Die ersten zwei Fremden hatten hierbei nur die Funktion den Leser, oder nun ihn als direkt Betroffenen, auf die Begegnung mit dem dritten, dem wesentlichen Fremden vorzubereiten. Von einem schlichten Vorbereiten konnte allerdings wiederum nicht die Rede sein. War es nicht eher der Versuch einer ganz gezielten Einschüchterung? Eine immer lauter werdende Drohung? Ohne auch nur darüber nach-zudenken und hektisch war Dreyfuss im dritten Dorf einer Frau mittleren Alters ausgewichen, welche ebenfalls gerade im Begriff war auf ihn zuzusteuern. Von weitem bemerkte er bereits ihre Blässe, sah ihre dunkle Kleidung, ihre Augen, die auf ihn gerichtet waren. Doch er war ihr zuvorgekommen, Rennend und Haken schlagend wie ein Hase war er auf die Feldwege ausgewichen, welche sich weit aus den Dörfern heraushielten und auf denen um diese Tageszeit keine Menschenseele zu finden war. Noch lange rasselte seine Lunge, brannte und bot sich einen wilden Kampf mit seinem Herzen und noch Stunden später sah er sich nach der Frau um. Nach einiger Zeit bemerkte er jedoch, dass er nun wieder ruhiger wurde, und dass die Spannung, die sich auf ihn gelegt hatte, von ihm gewichen war. Erst als es bereits dämmerte, und er sich Gedanken darüber machen musste wie er am besten ungesehen nachhause käme, wuchs seine Nervosität, verbunden mit seinem alten Widerwillen nach Berlin zurückzukehren, wieder an, bewegte ihn schließlich zu der Entscheidung nicht wieder umzukehren, sondern stattdessen die Nacht in einem nahe gelegenen, sich auf einer Anhöhe befindenden, sternengekrönten Landhotel zu verbringen. Auch hier vermied er den Kontakt zu jedem ihm dort begegnenden Menschen, verzichtete auf das Abendessen in der Gaststube und plünderte stattdessen, nur noch in Unterwäsche bekleidet, die Mini-Bar. Das Fernsehprogramm war seicht und heiter, was Dreyfuss sehr entgegenkam, versetzte es ihn doch in einen Zustand angenehmer

Entspannung. Dann plötzlich, völlig unerwartet und fordernd, ein Klopfen an der Tür. Dreyfuss stöhnte hörbar auf und hielt sich daraufhin sofort die Hand vor den Mund. Er war nicht gewillt aufzumachen. Um keinen Preis der Welt. Es klopfte ein zweites Mal, dann hörte er wie sich Schritte schlurfend entfernten. In dieser Nacht schlief er schlecht, von rasend-wilden Träumen und böser, unheilvoller Vorahnung zerschunden war auch sein Bett am nächsten Morgen. Viel zu früh war er erwacht. Vermutlich würde es um diese Zeit noch nicht einmal das Hotelfrühstück geben. Andererseits bot sich ihm die, hinsichtlich seiner gegenwärtigen etwas vertrackten Situation, schätzenswerte Gelegenheit der erste beim Frühstück zu sein, und somit allen Menschen, vom Hotelpersonal abgesehen, aus dem Weg zu gehen.

Zuvor durchsuchte er im Gang heimlich noch die Wäschekammer nach Reinigungs-und Duftmitteln, um seine Kleidung für den öffentlichen Auftritt im Speisesaal vom Schweißgeruch des vergangenen Tages zu befreien. Waschen konnte er sie nicht mehr, so viel Zeit blieb ihm nicht, hätte er sie doch mindestens die ganze Nacht in seinem Zimmer trocknen müssen. Doch gab es vielleicht ein alles überdeckendes, gar nach Kiefernwäldern duftendes Spray? Er fand eine Flasche mit einer milchigen Flüssigkeit, schraubte den Deckel ab und roch daran. Das wäre etwas gewesen, doch konnte man es nicht zerstäuben. Immerhin tupfte er sich zwei Spritzer unter die Achseln und verschloss die Flache vorsichtig. Weichspüler stand darauf, gleich in mehreren Sprachen.

Softener, doux...Dreyfuss versuchte, was ihm als ehemaligem Lehrer eine Herausforderung war, die Begriffe für Weichspüler den jeweiligen Sprachen zuzuordnen. Englisch, Französisch... Er stutzte.

Morbido fiel ihm ins Auge. *Morbido*. Die Sprache war ihm nun egal. Nur noch in sein Zimmer wollte er und von dort aus zu der Expedition aufbrechen, die zum Ziel hatte den anderen im Speisesaal zuvorzukommen. Vorsichtig, tastend, betrat er den Saal, unrasiert zwar, doch immerhin angenehm nach Weichspüler duftend und mit frisch ge- waschenem Haar, wobei sich ihm die hoteleigenen Sortimente kleiner Seifen und Shampoos als hilfreich erwiesen hatten. Soviel Selbstachtung war er sich schuldig, fand Dreyfuss, der bis zu seinem baldigen Ende, welches sich immer unmissverständlicher und symbolträchtig andeutete, wie er fand, zumindest den Rest von Haltung bewahren wollte. Höflich und fest blickte er der jungen Servierkraft in die Augen, bat um einen Kaffee (schwarz und ohne Zucker) und um einen Tisch mit Blick an die Wand, möglichst am Rande des Saals und in unmittelbarer Nähe zum Ausgang, schaufelte sich behände mit einem großen, eigens bereitgestellten silbernen Löffel einige Cornflakes auf einen Teller, übergoss diese schließlich mit etwas Honig, warmer Sahne und kleinen beinahe schwarz glänzenden Blaubeeren. Zugleich nahm er seine „kleinen Helfer"; vom Arzt verordnete Antidepressiva. Er nahm sie dezent zu sich, das war er sich schuldig. Schließlich machte er sich an seine Henkersmahlzeit, die ihm, trotz der Blaubeeren, nicht so recht schmecken wollte. Er hörte wie andere Menschen den Saal betraten, hörte sie murmeln, verhalten lachen, hörte das wiederholte Zischen der Kaffeemaschine, nahm den Geruch verbrannten Toasts und den unsäglichen Gestank gekochter Eier wahr, sah die Sonne sich mächtig erheben, lediglich aus dem Augenwinkel wohlgemerkt, denn noch immer vermied Dreyfuss jeden Kontakt, jeden Blick zu den anderen Hotelgästen oder zum Fenster hin. Noch im Sitzen entwarf er einen geschickten Plan, der es ihm ermöglichen sollte möglichst unbemerkt wieder auf sein Zimmer zu gelangen. Als ihm der Augenblick günstig erschien, schob er den leeren Teller zur Seite, trank den kalt gewordenen Kaffee mit einem einzigen Schluck aus, nahm seinen Mut zusammen und stand nach einigen, wenigen Schritten, schneller am Aufzug, der ihn sicher zu seinem Zimmer bringen würde, als er ursprünglich angenommen hatte. Kurz überlegte er die Treppe zu nehmen, da er mit niemandem in einem Aufzug eingesperrt sein wollte. Doch dieser hier schien wenig frequentiert, da sich die meisten Gästezimmer offenbar im Parterre befanden. Also beschloss Dreyfuss eine Ausnahme zu machen und wartete ab. Der Aufzug ruckelte und schnaubte. Die Tür öffnete sich und gab den Blick frei auf eine Gruppe von drei Personen, die offenbar soeben alle zugleich mit dem Aufzug nach unten gefahren waren. Dreyfuss erkannte zwei von ihnen auf den ersten Blick, an die dritte erinnerte er sich schemenhaft, und so verharrte er in plötzlicher, entsetzlicher Todes-angst. Sie erkannten auch ihn wieder und grüßten offenbar erfreut. Es waren die Fremden, die ihn nach dem Weg zum Friedhof gefragt hatten. Die Frau hingegen, welcher er im dritten Ort ausgewichen war, kam nun direkt auf ihn zu. Schwarz gekleidet und etwas blass musste *sie* es sein. *Sie war der Tod.* Und das wiederum war, mit Verlaub, obgleich Dreyfuss durchaus kein zimperlicher Mensch war, selbst für ihn zuviel. Ihm wurde schwarz vor Augen. Als er wieder zu sich kam und dem Tod, wie er dachte, nun unausweichlich ins Auge blickte, schien dieser jedoch vielmehr damit befasst zu sein ihn ins Leben zurückzubefördern, statt ihm nach demselben zu trachten. Dreyfuss verstand nun gar nichts mehr. Die Frage der dritten Frau, welcher er den Weg zum Friedhof nicht gezeigt hatte, hallte in seinen Ohren und ergab keinen Sinn, obgleich sie deutlich gestellt war und, wie er als ehemaliger Lehrer durchaus noch immer sofort bemerkte, keinerlei grammatikalische oder sonstige Lücken aufwies. „Soll ich Sie auf ihr Zimmer bringen?" Die Stimme klang freundlich und ein wenig besorgt. Konnte das die Stimme des Todes sein? Er hatte sie sich immer anders vorgestellt. Blechern und wie mit einem Verstärker lauter gedreht, verzerrt und unheimlich. Gerne wäre er aufgestanden und einfach gerannt, um sein Leben gerannt, doch schwante ihm, dass ihm hierzu, besonders nach seinem etwas unrühmlichen Sturz zu Boden, bei dem er seinen Knöchel verletzt und sich darüber hinaus noch ein wenig lächerlich gemacht hatte, die Kraft fehlen würde ebendies zu tun. Wie ein Opferlamm ließ sich also der sonst so lebendige, wehrhafte Dreyfuss abführen, sich auf sein Zimmer zwangsbegleiten von einer Frau, bei der es sich so offenbar um den Tod handelte. Ihre gedeckte, dunkle Kleidung hatte ihn dies sofort vermuten lassen. Mit dem Rest, ihrem liebenswerten, hübschen Aussehen, hatte sie ihn getäuscht. Sie hatte ihn getäuscht wie ihn zuvor auch das Leben getäuscht hatte. Nicht nur einmal, selbstverständlich. Dreyfuss hatte in seinem Leben so einiges erlebt. Die Täuschung hatte dazugehört, ihn oft genug aus der Bahn geworfen. Doch keine Täuschung war so perfekt gewesen wie das Lächeln dieser Frau, die viel jünger erschien, schöner und freundlicher, als er sie von weitem in Erinnerung gehabt hatte. „Kommen Sie"! „Wir müssen Ihr Bein nach oben lagern". Ihre Stimme klang freundlich aber entschlossen. „Wozu denn bitte, Herrjeh, das auch noch?", wollte Dreyfuss, mittlerweile eher ungehalten, von ihr wissen. „Sie holen mich doch sowieso! Können Sie da mein gottverdammtes Bein nicht in Ruhe lassen?" „Holen? wieso"? Sie klang nun verwirrt, dann besorgt. „Ach, ist Ihnen denn schlecht?", wollte sie wissen. Offenbar versuchte sie mit dieser Frage zu erörtern, ob Dreyfuss auf den Kopf gefallen war. Er kam ihr zuvor: „Nein, ich bin nicht auf den Kopf gefallen. Weder heute noch in all den Jahren davor. Ich bin durchaus nicht blöde, und ich weiß was gleich geschehen wird."

Als könnte man einen ehemaligen Lehrer hinter das Licht führen! Verächtlich formten seine Lippen ein Phhhhh aus heißer Luft. Das war es ohnehin, was er von ihr hielt. „Geschehen"? Sie schien noch immer nicht zu begreifen. Die Art und Weise wie sie seine Worte wiederholte erzürnte ihn nun vollends. Er begann zu zetern und zu schimpfen, begehrte gegen das Schicksal auf und gegen diesen inkompetenten Todesengel bis diese, offenbar zart besaitete Frau neben ihm in Tränen ausgebrochen war. „Hier, nehmen Sie meine Karte, falls Sie etwas brauchen. Rufen Sie mich an, wenn sie sich wieder beruhigt haben." Sie versuchte das Schniefen zu unterdrücken, doch versagte dabei kläglich. „Was ist jetzt schon wieder los?", schnauzte er sie an.

Da erhob sie sich mit zitternden Lippen, ließ die Karte auf sein Bett segeln und verließ fluchtartig sein Zimmer." „Mach wenigstens die Drecks-Tür zu", maulte ihr Dreyfuss hinterher, und beinahe wie auf Kommando wurde die Tür von außen geschlossen. „Geht doch", brummte er noch immer in finsterer Stimmung, doch hatte er noch nicht zu Ende gesprochen, als es auch schon erneut klopfte. „Komm halt wieder rein". Ihm war nun alles egal. Er war sogar dazu übergegangen den Tod zu duzen. Was sollte das ganze höfliche Getue im Angesicht des eigenen Endes. Herein trat jedoch eine andere Frau, eine Hotelangestellte. „Ich wollte Ihnen gestern schon die Handtücher bringen, aber...." „Geben Sie schon her". Dreyfuss bemühte sich nun darum seine Stimme etwas freundlicher klingen zu lassen, dennoch verschwand auch das Zimmermädchen sehr schnell. Aber das konnte ihm nur recht sein. Sollten sie ihn doch alle in Ruhe lassen. „Sterben muss ein jeder für sich allein." War doch bekannt, nicht wahr? Die Handtücher rochen ein wenig nach dem parfümierten Weichspüler, den er in der Wäschekammer gefunden hatte, und fest waren sie also nun auch nicht mehr. Morbido. Weiße, weiche Handtücher schoss es ihm nun ungut durch den Kopf. *Morbidi.* Leichentücher. Das fehlte gerade noch. Mürrisch schleppte er sich ins Bad, um sich zu übergeben. Dann wurde ihm erneut schwarz vor Augen, glücklicherweise nur kurz, so dass er sich das Gesicht waschen und seine

Würde zügig wieder herstellen konnte. Dreyfuss beschloss nun den Rest des Tages im Bett zu bleiben. Zu sehr hatten ihn die jüngsten Ereignisse ausgelaugt.

Er schlief traumlos bis zum Abend durch. Als er beim Aufwachen die Karte der Frau zwischen den Kissen fand, wollte er sie sofort zerknüllen – nicht jedoch, ohne einen kurzen Blick darauf geworfen zu haben. Welchen Namen hatte sie? Welchen Namen hatte der Tod? Einen menschlichen Namen etwa, so wie Anna, Monika oder Ruth? Vielleicht eher Dolorosa, Perdita oder Asraelle? Dreyfuss griff nach seiner Lesebrille. Katharina Oberreiter stand in Arial narrow auf der Karte. Katharina Oberreiter, Kriegsgräberfürsorge e. V.. Er fasste sich an den Kopf, zog sich das Kissen über den gesamten kalt gewordenen Oberkörper und verharrte zäh in embryonaler Stellung, genau so lange, bis seine Anspannung den Lachtränen gewichen war. „Nicht schlecht", dachte er noch vor sich hin. „Wirklich gar nicht schlecht"- Katharina Oberreiter pflegte also alte, vergessene Gräber. „So was, so was". Und schlief durch bis zum nächsten Morgen. Nach einem langen Frühstück beschloss er im nächsten Dorf Rasierschaum und eine Zahnbürste und all das zu kaufen, was man für eine längere Reise braucht, zu der man unvermittelt und ohne Vorbereitung aufgebrochen ist. Er hatte nämlich mit einem Mal gar nicht mehr vor so schnell zurückzukehren. Zu schön hatte sich die wärmende Sonne des wohligen Septembers auf die Landschaft Brandenburgs gelegt, die er nun noch eingehender durchwandern und erforschen wollte. Beinahe, auch wenn es ihm, als ehemaligem, durchaus vernünftigen Lehrer, eine Spur zu pathetisch erschien, um sich dies einzugestehen, kam es ihm dennoch so vor, als sähe er sie in all ihrer Schönheit zum allerersten Mal. Selbst der noch schmerzende Knöchel konnte ihm nichts anhaben.

Als ehemaliger Lehrer wusste er ohnehin worauf es ankam.

Ein Juri Dreyfuss war aus gutem Holz geschnitzt. „In den Schmerz hineingehen", er-mutigte er sich selbst. „In den Schmerz hineingehen". Dreyfuss bemerkte nicht, dass ihm jemand folgte. Wie auch?

Zu sehr war er von der Natur und von seiner Erleichterung gefangen genommen. Und dann war da noch etwas: Die Kiefern dufteten so wunderbar.

Der Tote

Im Gebüsch lag ein Toter - wohl seit einigen Tagen bereits. Da sich das Gebüsch direkt gegenüber des Bahnhofes befindet, lag er kalt mitten unter den Lebenden, sieben große oder neun kleine Schritte entfernt von dem Ort an dem sie ihren täglichen Kaffee-to-go einnahmen, auf ihre handlichen, tragbaren Telefone starrten oder eintippten während sie warteten.

Der Tote wartete nicht mehr. Nicht einmal mehr darauf, dass er gefunden wurde.

Die feinen und selbst die groben Nasen würden ihn ohnehin erspüren und sein Versteck preisgeben. Es war Sommer und sehr bald würde sich sein Ableben nicht mehr ignorieren lassen. Sein Tod würde Kopfschütteln und Schaulust verursachen. Kopfschütteln deshalb, weil er mitten im Sommer, zwar während einer Regenperiode, aber dennoch im Sommer - im Juli – erfroren war. Andererseits musste man ihm das erst einmal nachmachen. Niemand hatte den Mann mit dem Ziegenbart gesehen der dem Toten, als dieser noch lebte, den Weg gewiesen hatte.

Das war nun bei weitem kein Allerwelts-Tod, was vielleicht auch Hinweise auf die allgemeine Schaulust geben konnte. In einer Zeit, in der jeder sich für sich selbst nur das Besondere und Ausgefallene wünschte, war gerade dies ihm gelungen - während die anderen, da auf ihre Busse oder Züge wartend, stupide an ihren diversen sozialen Netzwerken feilten um interessant zu wirken. Er war ihnen um Einiges voraus. Doch war da nun nichts mehr. Auch kein Stolz mehr, nichts, das ihn noch mit den anderen in irgendeine Beziehung hätte setzen können.

Als man ihn abholte sah es aus, als würde ein lokaler Krimi gedreht, doch das Fehlen eines Kamerateams rief sehr bald Unbehagen und dann die besagte Schaulust auf den Plan. Man behalf sich selbst mit seinen Handykameras, die den Leichen Spürhund samt Kommissar und Leichentrage filmten, was sich ganz hervorragend zum Hochladen auf sämtlichen sozialen Netzwerken eignete, auch um sich selbst ein wenig interessanter zu machen.

Da es leider insgesamt sehr viele Handykameras waren (immerhin spielte sich das Ganze unweit des Hauptbahnhofes zur Hauptverkehrszeit ab), verlor sich der relevante *IF*, der Interessantheitsfaktor des Einzelnen.

Im Ergebnis sah man ihn um weniger als die Zahl der

Divisoren nach Abzug der üblichen Variablen auf ein klägliches Etwas reduziert. Viel blieb also am

Ende nicht. Vielleicht deshalb verzichtete man kollektiv darauf Blumen und Kerzen an der Unglücksstelle niederzulegen. Möglicherweise bietet es auch die Erklärung für die ein oder andere makabre Mutprobe die darin bestand, möglichst schnell und laut durch das dichte, dornige Gebüsch, hin zur Lichtung, zu dem vom Toten plattgelegenen, gelblich verfärbten Gras zu laufen, um dann sogleich schreiend vor Angstlust dem Szenario rasch wieder zu entkommen. Dies wurde alles natürlich auch jeweils gefiltert und gefilmt. Diesmal war der individuelle, der höchst relevante IF durch den persönlichen Bezug wieder höher.

Es gab sogar eine deutliche Siegerin nach erfolgter. demokratisch orientierter Online-Abstimmung: Monika, die bauchfrei mit gebräunten, überlangen Beinen und sinnlos hochgerissenen Armen eiligst vom Fundort wegjagte wie ein schwachsinnig gewordener Wasservogel. Der Tote, längst beigesetzt, blieb still hinter Monika zurück. Ich habe eine gebundene Rose dort abgelegt und eine Kerze. Einer sah mich blöde von der Seite an als sei ich eine

Verräterin und würde ein unausgesprochenes Abkommen grob unterlaufen. Am nächsten Tag war die Kerze verschwunden und die Rose einfach in den Asphalt hineingetreten, so tief, dass nur noch ein kleiner feuchter Fleck von ihrer üppigen Blüte geblieben war.

Es war ein trauriger Fleck. Ich bin mir sicher. Er muss einfach traurig gewesen sein.

Noch immer gönnte man dem Toten nichts. Und wenn man doch gewusst hätte, dass ein gewichtiger Bote des Todes ihn heimgesucht hatte.

Nicht irgendeiner. Nein, ein hochrangiger Bote war zu ihm gekommen. Das verdiente doch etwas Respekt. Und nun das.

Die Grabschändung am Fast-Grab des Toten.

Dabei, das hatte eben keiner gewusst, war die Kerze für Monika gedacht gewesen. Die braucht das, wenn Sie mich fragen, ganz eindeutig nötiger. Die Rose war nur Beiwerk, das räume ich ein. Schönes, vergängliches und symbolträchtiges Beiwerk.

Die Kerze hingegen nicht. Es ist wirklich schade drum. Feierlich sah es aus, irgendwie.

Und hochgeladen hätte ich es auch gerne. Mein Profil ist in letzter Zeit etwas dünn.

In der heutigen Zeit kann man sich das nicht leisten. Der erste Weg hin zum Abstieg ist. Zur Ausgrenzung und letztlich vielleicht zu einem sehr einsamen Tod im Gebüsch. Wir alle, das schätze ich zumindest, haben Angst davor. Todes-Angst.

Sergejs Tod

Niemals gleicht ein Tod dem anderen, und doch ist das, was es mit Sergejs Tod auf sich hat, etwas, was ungewöhnlich häufig vorkommt. Bei einem Treffen in Berlin erzählte mir, es ist noch nicht einmal vier Wochen her, ein russischer Regisseur darüber.

Seinen Film konnte ich nur in Ausschnitten sehen, denn das, was dort gezeigt wurde- es war nicht Sergej.

Es war ein Junge, dessen Namen ich erwähnen sollte, damit er nicht in Vergessenheit gerät. Doch andererseits- sollte ich es tun? Was kann ich da überhaupt tun? Ich weiß jedoch nun, dass das, was diesem Jungen dort passiert ist, das ist auch Sergej passierte.

Wie soll man bei so einem entsetzlichen Tod, bei so etwas Unsäglichem überhaupt beginnen schreiben zu können, schreiben zu wollen?

Wo begann sein Tod? Wo hätte man dem Boten des Todes denn nur begegnen können?

Wäre das möglich gewesen? Möglich, wenn man vielleicht ganz genau hingesehen hätte? Ja, in dem

Film des Regisseurs, der Kamera, die uns ein Auge lieh, die uns auf etwas hinwies, sie zeigte mit sich selbst darauf.

Doch womit können wir darauf zeigen?

Begann er bereits in der Familie, die ihn nicht mehr sah?

Die Familie, die sich gegenseitig nicht mehr sah? Begann es mit der Mutter? Dem Vater? Oder weit davor?

Ein Junge, zehn Jahre alt, reißt von zuhause aus. Man findet ihn tot wieder. Niemand weiß was in der Zwischenzeit geschehen ist.

Niemand wird es je wissen.

Noch nicht einmal der, der Sergej das Leben genommen hat, und den man vermutlich niemals je finden wird.

Niemand, der nicht das Leben gegeben hat, kann es nämlich jemals nehmen. Nein. Dazu war er nicht in der Lage. Doch das ist Theorie. Zu abstrakt für den, der zurückbleibt. Für den, der noch nicht einmal weiß, warum er denn zurückbleibt. Warum er überhaupt bleibt. Was bleibt. Bleibt.

Die Pathologen überschlagen sich in ihrem Eifer der Ursache des Todes auf die Schliche zu kommen.

Der Ursache des Todes. So viele sind es! So viele Tode.

Ich kann nichts sagen, Sergej. Wie könnte ich. Ich schreibe für Dich und ich schweige für Dich.

Der Ware Preis

Anscheinend fühlt sich der glückliche Mensch nur deshalb wohl, weil die Unglücklichen ihre Last schweigend tragen und ohne dieses Schweigen das Glück unmöglich wäre.

Anton Pawlowitsch Tschechow

Im frühen Winter nachdem sich ihm Karl P. in den vorangegangenen Sommermonaten ganz über- raschend- einige Male erboten hatte ihn, höchst- selbst, selbstverständlich jedoch gegen eine vor- herige Erstattung des Benzinpreises allerdings, zu seinem so geschätzten Kurort im Badischen zu chauffieren, brauchte er plötzlich Geld. So etwas kam bei Karl durchaus häufig vor, so dass er mittlerweile eine gewisse Meisterschaft im listigen Zusammengaunern und im zunehmend halb- seidenen Beschaffen von diversen Geldern zu- gesprochen werden konnte. Ihm fiel ein, dass bei dem Herrn, den er herumzufahren beliebt hatte, immerhin um seinen höchsteigenen Vater handelte, so dass er beschloss diesem ganz gehörig den Kopf zu waschen und ihn dann, mürbe gemacht, um einen stolzen Batzen Geld anzugehen der in etwa ausreichte ein Jahr davon zu leben. „Aber das ist eine Menge Geld, mein Sohn", stellte der alte Herr einigermaßen bestürzt fest. „Immerhin war es mein Auto, ich füllte es mit Benzin und endlich kamen wir auf diese Weise doch auch dazu das ein oder andere erfreuliche Gespräch zu führen."

Karl, der natürlich immer noch Geld brauchte, bediente sich also seines gewohnten, finstersten Gesichtsausdrucks wie eines bös zerschlissenen Traueranzugs und gab zu verstehen, dass ihm die gemeinsamen Ausflüge keineswegs etwas bedeutet hätten. Im alten Herrn begann sich daraufhin Unmut zu rühren. Was wollte sein Sohn jetzt, nach einem halben Jahr – der Sommer war längst verstrichen – von ihm? Er musste diesem Nichtsnutz etwas entgegensetzen. „Aber es war doch mein Geld" hob er erneut an, doch kam er nicht weit. Grob fuhr ihm Karl über den Mund und beendete den Satz mit einer schneidenden Stimme: „Und meine *Zeit*!"
Dem alten Herrn schossen die Tränen in die Augen als ihm bewusst wurde, dass er als eine Art grober

„Zeitverschwendung" betrachtet wurde. Als etwas, das einer ganz besonders großzügigen finanziellen Wiedergutmachung bedurfte. Resigniert stellte er ihm einen Scheck über den geforderten Betrag aus, worauf Karl eiligst das Zimmer verließ. Er drehte sich nicht um. Das Gesicht des alten Herrn erregte heftige Übelkeit in ihm. Er verabscheute ihn und wusste nicht warum. Diesen feinen, distinguierten, zudem stets gut gekleideten Herrn mit den besten Manieren. Mit dem Scheck in der Hand, hatte er doch gewusst, dass es ein Leichtes sein würde dem Alten diesen abzupressen, durchquerte er die Diele, steuerte auf die Haustür zu und wähnte sich bereits in Sicherheit als sein Blick zufällig in den ovalen, mit weißem Band verzierten Spiegel fiel. Sein Gesicht war mit einem Mal fahl und von tiefen Linien durchfurcht die ihm zuvor nie aufgefallen waren. Zudem wurde ihm die plötzliche wie auch die erschreckende Hässlichkeit seiner Züge bei genauerer Betrachtung durchaus bewusst.

Hinter ihm war ein Irrlicht. Auch Irrlichter sind Todesboten. Er beachtete es nicht, zu sehr war er mit seinem eigenen Spiegelbild befasst. Er, der nach außen immer gut dastehen wollte sah sich nun aufs ärgste entstellt.

Und nichts, aber auch gar nichts, was günstig davon abzulenken imstande war. Er zog seinen teuren italienischen Seidenschal in Form, doch ließ ihn der feine Stoff mit dem edlen Muster nur noch elender und blasser erscheinen.

Sein Bart war mehr grau denn blond und beleidigend dünn.

Etwas Unerhörtes war geschehen.

Karl P. erschrak so sehr, dass er den Scheck an der Seite leicht einriss und aufschrie.

„Alles hat seinen Preis", dachte derweil der gut frisierte alte Herr in seinem Sessel ganz seltsam vergnügt. Er sorgte sich nicht, zumal er wusste, dass es vor allem die schlechten Licht-Verhältnisse waren in denen sein Sohn sich zu bewegen pflegte.

Die wackelnden Irrlichter, welche sich mittlerweile im gesamten Flur ausgebreitet hatten umschwirrten Karl P. heiter. Wer sagt denn, dass Todesboten immer ernst sein müssen? Nein, zuweilen freuen sie sich auch an ihrer Arbeit. Karl P. begann nun wütend auf den Spiegel einzuschlagen. Heftiger, irrer, hassblind und immer wilder, während die Irrlichter frohlockten.

Neumanns Traum 1

Wir fanden sie ganz überraschend vor. Mein Mann Robert um genau zu sein. Robert, der in den Vorratskeller gegangen war um eine seiner favorisierten Raviolidosen (mit Chili und Hack in der Sauce) heraufzuholen, war zunächst auf einen untypischen Geruch aufmerksam geworden, der ihm, recht ungut verbunden mit dem leicht kratzenden, scharfen, so typischen Schimmelgeruch, welcher Altbauten häufig innewohnt, heftig in der Nase juckte. Gleich darauf bemerkte er zu seinem Entsetzen, dass die Tür unseres zweiten Kellers weit aufstand. Nun war Robert zwar etwas hasenfüßig veranlagt, wenn es aber um seine Ravioli mit Chili und Hack in der Soße ging kannte er nichts.

Die Angst war gewissermaßen überschattet, so dass er sich behutsam vortastete. Der fast schwarze Kater Malefiz kam ihm murrend entgegen, was seinen Mut nicht steigerte, doch Robert gab nicht auf.

Er tappte weiter bis sich ihm ein verstörendes Bild erschloss: All dies, was ich nun berichte, weiß ich bis zum Zeitpunkt meines Eintreffens nur vom

Hörensagen, so dass ich mich hier auf die Glaubwürdigkeit meines Mannes verlassen muss. Frau Neumann lag wie ein feister, müder Dachs auf dem muffigen Kellerboden, der mit einem stets durchfeuchteten Teppich bedeckt war.

Die mobile Zweierkochpatte, die Robert ebenfalls im Keller aufbewahrt hatte, war angesteckt worden und glühte böse vor sich hin. Drei geöffnete Dosen Ravioli waren offenbar dort erwärmt und dann vertilgt worden. Roberts Blick wanderte fassungslos von dem mittlerweile überhitzten Zweierkocher hin zu einem silberlegierten, offenbar in dreister bis voller Absicht mitgeführten Dosenöffner und blieb schließlich auf der schlafenden Frau Neumann haften, die pittoresk eingereiht zwischen einem offenen, bis auf den allerletzten Krümel vertilgten Dosenbrot, einer völlig blanken Dose mit Makrelen, Instant-Kaffee einem leeren Glas eingeweckter Herbst-Zimt-Pflaumen und einem einstmals halbstillen Mineralwasser aus dem Schwarzwald. Nichts von der lähmenden Mittagshitze von draußen war hier drin zu spüren. Muffig zwar, aber trotz der glühenden Platten noch kühl präsentierte sich unser Keller, der durch die alte, hemmungslose Frau Neumann zu einer Art Fresshöhle umfunktioniert worden war. Musste man sich Sorgen um sie machen? Robert beschloss, nach eigener Aussage, dass dies nicht nötig sei. Als wäre es ihm nicht möglich die gedachte Linie zu überqueren, die vonnöten gewesen wäre um den Stecker der Kochplatte zu ziehen, stand er kurz ganz regungslos, lief dann etwas steifbeinig zu mir und rief: „Die alte Neumann liegt im Keller wie ein fetter, alter Dachs!" „Ist sie denn tot?", wollte ich wissen.

„Quatsch, komm schon!" Gemeinsam hasteten wir nach unten. Das war ein geplanter und gezielter Akt, eine ganz bewusste Attacke auf die sorgsam gehüteten Schätze meines Mannes. Darauf verwies der Dosenöffner, welcher sich nicht in unserem Bestand befand und von ihr offenbar absichtsvoll mitgeführt worden war. Aber wieso nur? Meines Wissens bezog sie eine gute Rente, und da ich sie gelegentlich im Supermarkt traf, wusste ich, dass sie in jedem Fall über ein durchaus ausreichendes

Angebot an diversen Nahrungsmitteln verfügte. Bewahrheitete sich hier also eher das überlieferte und überall beliebte Sprichwort, wonach gestohlene Kirschen am besten mundeten? Kirschen waren es zwar nicht gerade gewesen, viel mehr Zwetschgen und Ravioli mit Chili Sauce und Hack. Dazu noch Einiges, das in seiner Geringfügigkeit zu vernachlässigen war.

Benommen sahen mein Mann und ich uns an, in einer Weise handlungsunfähig. Was sollten wir tun? Die tief schlafende Frau Neumann aus ihrem Rausch wecken? Uns hernach mit ihr gemeinsam schämen, um sich dann zukünftig im Treppenhaus zu meiden, sich voreinander wegzubücken, präzis und zugleich unweigerlich prätentiös die jeweilige Geländerseite wechselnd, möglichst noch dabei vorgebend sich nicht zu sehen? Mein Mann nahm meine Hand. Ich drückte sie ein wenig, und wie Verbündete entfernten wir uns auf ein unhörbares Kommando hin leise und unbemerkt, so als sei nichts geschehen.

Am nächsten Morgen war nichts mehr von dem

Ungemach zu sehen. Einen Tag später waren sogar die Ravioli Dosen, die Makrelen, das Mineralwasser und die Dose mit Instant Kaffee nachgekauft worden. Statt der eingeweckten Pflaumen stand nun jedoch verschämt ein Pflaumenmus, offenbar nach einem altehrwürdigen Aachener Rezept hergestellt, zwischen den kleinen, zierlichen Spree-Salatgurken. Bis zu Frau Neumanns rätselhaftem Tod- sie war bei dem Versuch in eine Mülltonne zu klettern umgekommen- ist uns nie wieder etwas in dieser Richtung aufgefallen. So ganz geheuer war uns Frau Neumann zeitlebens nie gewesen, und doch berührte uns dieser merkwürdige Tod, der sich in unserem Hof zugetragen hatte. Zu ihrer Beisetzung gingen wir aus einem gewissen Pflicht-gefühl heraus. An den Hosenbeinen meines Mannes hafteten Malefiz´ dunkle Katzenhaare.

Die klebrigen Torten aus Sahne, Buttercrème und gemahlenen Nüssen, die im Anschluss während der „Nachfeier" angeboten wurden, rührten wir nicht an. Doch abends dann holte Robert das Pflaumen-mus, nach altem Rezept, aus unserem Keller.

Es schmeckte gut, cremig in der Konsistenz und mit Zimt versehen. Noch immer fehlte uns indes ein wenig der Appetit. So ein merkwürdiger Tod in unmittelbarer Nachbarschaft ließ wohl höchstens den alten Malefiz ungerührt.

Als ihre Wohnung bald darauf von entfernten Verwandten ausgeräumt wurde, sauste unter recht großem Tumult eine Ratte oder große Schermaus umher. Malefiz fauchte sie empört an. Es stellte sich heraus, dass es wohl doch ein Hund war. Frau Neumanns Verwandte schienen empört.

Auch trugen sie uns offenbar nach, dass wir die Torten verschmäht hatten. Sogar den Frankfurter Kranz. Robert begann sich aufrichtig zu schämen.

Die Schermaus, die in Wahrheit keine war, sprang wütend kläffend an ihm hoch. Zum Glück trug er heute andere Hosen. Hosen ohne Katzenhaare. Das hätte die Schermaus sonst noch mehr gereizt als es ohnehin bereits der Fall war. Und wenn man mit Menschen in einem Haus lebt, so sollten Provokationen dieser Art vermieden werden. So nahmen wir Malefiz an diesem Tag in unsere Wohnung und drehten den Schlüssel zweimal im Schloss, bis der ganze Spuk vorbei war.

Es dauerte lang mit all der Möbel-Tragerei und wir hatten nichts außer Zuckerbonbons im Haus.

Die Vorräte waren nun einmal alle im Keller.

Roberts Magen knurrte und Malefiz rieb sich unzufrieden an den Beinen unseres leeren Küchentischs.

In unseren Vorratskeller wagten wir uns allerdings trotz Hungers nicht, solange die Neumann-Bande noch im Haus war. Man konnte in solchen Zeiten nie vorsichtig genug sein. Schließlich löffelten wir das Pflaumenmus hastig, hungrig und in memoriam leer.

Horror vacui

Tot war es. Alles war tot. Boten hab ich nicht gesehen. Nur Leere gefühlt und gesehen, gerochen und gehört. Was soll ich denn sagen in Anbetracht dessen, dass es nichts zu sagen gibt. Was soll ich nur sagen?

Schmerzlos

Wie er es gehasst hat wenn ich auf der Treppe vor dem Haus saß und lachte. Schon damals wusste ich, dass er es mir nicht gönnte, dass er nicht nur mein Lachen hasste sondern vielmehr meine ganze Person. Oft kam mir in den Sinn das er wohl erst selbst glücklich sein könnte wenn es mich nicht mehr geben würde. Ich weiß nicht ob er mir etwas wirklich Böses gönnte, soweit kann ich in meinen Spekulationen nicht gehen. Doch etwas Gutes zumindest, etwas Gutes gönnte er mir nicht. Seine Kleinlichkeit in diesen Dingen, die Steine, die er nach mir warf, sprachen für sich und strafte die aufgesetzte Freundlichkeit, mit der er mir zu begegnen pflegte, Lügen. In jenem Sommer in dem ich aufhörte auf der Treppe zu sitzen, in dem ich sogar begann mein Lachen auf das Drastischste zu reduzieren, begann mein Sterben. Ich fühlte es und ich fühle es noch. Es begann in dem Augenblick in dem mir bewusst wurde, dass er nur selbst würde lachen können wenn mein Lachen verstummt sein würde. Er hat es geschafft wie er alles schafft was er sich vornimmt. So wie er den Krebs damals besiegt hatte indem er einfach selbst zum Krebs wurde, zu einem sich ins unendlich ausbreitenden Etwas, zu einem Schatten der sich auf alles Lebendige legte um es zu ersticken. Die Beleidigung, die der Krebs damals ihm zugefügt hatte, indem er sich in empörender Schlampigkeit einfach in der Adresse geirrt hatte, war auf dem Weg nun gesühnt zu werden. Denn nicht ich war damals krank geworden, sondern er. Der, welcher bis zu diesem Zeitpunkt ein Liebling der Götter genannt werden konnte und das, ohne zu übertreiben. Nun sehe ich ihn zwar eher als Gehilfen des Teufels an, doch möge man mir diese Polemik nachsehen. Durchaus bewusst bin ich mir, dass es sich um eine solche handeln könnte. Vielleicht war es ja auch noch nicht einmal nötig den Teufel persönlich zu bemühen. Vermutlich waren die kleinen und großen Steine, die er regelmäßig gezielt nach mir warf – selbstverständlich auch dies nur im übertragenen Sinn – ausreichend genug. Ein härterer Mensch als ich es bin wäre wohl durchaus in der

Lage gewesen dem einen oder anderen Stein abprallen zu lassen, zurückzuschleudern. Er hätte sich weggeduckt, hätte einen Helm getragen oder wäre in die Angriffsposition gegangen, keineswegs hätte er, so wie ich, einfach nur darauf gehofft das es aufhören könnte. Irgendwann. Es hört niemals auf. Hier narrt uns die Hoffnung auf besonders schäbige Weise.

Nur der Tod kann so etwas beenden. Vielleicht noch nicht mal er. Nun, da ich fühle, dass ich krank werde, wenn mir morgens beim Aufstehen schon das Blut aus der Nase rinnt und ich in den Nächten in kalter Hitze umherlege, ungeordnet wie diese einzelne kleine Gabel, die nun einfach irgendwo liegt, da jemand den Besteckkasten umgekippt hat, ganz und gar ausgeleert von jemandem, der all die Dinge völlig auf den Kopf gestellt hat, einfach so, während es ihm selbst von Tag zu Tag besser zu gehen scheint.

Der glänzend wie ein stolzes Messer, das soeben noch einen zusätzlichen Schliff erhalten hat, weiß, dass er es auch diesmal geschafft hat. Die Symbolik mag abgegriffen erscheinen; das Messer hingegen ist es nicht. Er mag es nicht, wenn sich das Schicksal zu seinen Ungunsten irrt, und diese kleinen oder großen Fehler auszumerzen – damit kennt er sich auf das Beste aus. Weitere Gedanken wird er mit Sicherheit nicht daran verschwenden, nicht an die Steine und nicht an mich denn schmerzlos ist er nun. Gänzlich schmerzlos.

Augenlöcher

Kürbisse- nicht immer sehen sie Gutes. Mit den
Augenlöchern, die man ihnen geschnitzt hat, sehen
sie auf eine Weise, die uns gänzlich fremd ist, und
doch sehen sie. Sie sehen das, was kommen wird.
Sie sehen Mord, Tod und Hass. Und ich weiß genau, dass auch sie es nur ertragen, weil innen eine
Kerze brennt. Wer denkt, dass die Seher nur sehen
ohne aber zu fühlen, irrt. Dann nämlich wäre alle
Hoffnung dahin.

Rabenbäume

Ein Rabe schiss dem Studienassessor Kruppke, wenn nicht aus reiner Boshaftigkeit, so doch aus voller Absicht auf die Jacke, während dieser sein Hotel, eine recht schäbige, jedoch unverschämt teure Unterkunft, zugunsten eines abendlichen Spaziergangs verlassen hatte. Er schiss ihm auf die neue, eigens für einen Lehrer-Kongress erstandene Jacke, knapp oberhalb seines Herzens, wobei auch noch sein gesamter Handrücken sowie die Nasenspitze in Mitleidenschaft gezogen wurden. Obgleich er sich, da dies nicht unweit seines Hotels vorgefallen war, in der immerhin verhältnismäßig glücklichen Lage befand sogleich unbesehen und flink in den Schutz seines Zimmers flüchten zu können, um dort das Ungemach zu entfernen, was man ihm doch durchaus zum Vorteil hatte anrechnen können, griff etwas in ihm diesen Vorteil nicht auf, ebenso wenig wie den glücklichen Umstand, dass er noch nicht einmal vom Nachtportier gesehen worden war. Vielmehr weigerte er sich beharrlich diesen Vorteil anzuerkennen. Alles war gegen ihn. Auch dieses

Hotelzimmer. Es verhöhnte ihn so sehr. Kruppe nahm es genau wahr. Das Quietschen seines Bettes, wenn er nicht umhin konnte sich des Nachts in ihm umzuwenden. Es klang wie ein unwirkliches, böses Lachen, ein kreischendes Rabenlachen. Das Zimmer wurde kleiner und schrumpfte mit ihm. Um genau zu sein, schrumpfte das Zimmer stärker als er, denn wie sonst hätte ihm dies auffallen können? Er selbst, fast nur noch in Rabengröße, wurde dennoch von diesen bedrohlichen, dunkel auf ihn zuwachs-enenden Mauern beengt. Der Stoff des Bettes sah mit einem Mal schäbig aus, zerschlissen und so alt wie der erste Rabe, der sich jemals in der Ortschaft sehen ließ, welche sich mit dem heutigen Tage und mit der Hilfe des schwarzen Gewimmels gegen ihn entschieden hatte. Fremd, fremder, ein Hotel-zimmer, das kein Gästezimmer war, das ihn nicht beherbergte sondern bedrohte. Die Lampen, dumpf und gelangweilt wie listige kleine Augen, waren Zeugen seiner Qual, seiner Demütigung und der Entscheidung, zu der man ihn zwang. So entschied sich etwas in ihm, von diesem Tage an, der ihn gelehrt hatte, dass sich jederzeit und aus vermeintlich heiterem Himmel ein solch grässliches, infektiöses, stinkendes Ungemach ausge-rechnet auf ihn ergießen konnte. Er entschied sich also ganz schlicht und einfach verrückt zu werden. Was sonst bliebe ihm als Ausweg? Einem schuldlos Ange-schissenen, vom Schicksal und zudem von vagabundierenden Raben aufs Ärgste verhöhnt?

Zunächst begann es damit, dass er nur noch mit aufgespanntem Regenschirm aus dem Haus ging, und man sah ihn überdies zunehmend schlampig gekleidet, womit zugleich auch eine schleichende Vernachlässigung seiner sonstigen, eher rigiden Säuberungsrituale einherging und in einigermaßen bizarren, gänzlich neuen Bekleidungsgewohnheiten mündete, die sich unter anderem darin äußerten, dass er verschiedene Schuhe anzog. Das Paar getrennt, mal ein brauner Schuh links und ein grauer Schuh rechts, dann wieder vertauscht. Das Gleiche übertrug er auf Socken und Handschuhe, auf alles paarweise Auftretende. Recht bald bot Kruppke ein ausgesprochen wunderliches Bild.

Allein dies ist ja für sich bereits ausreichend, um das Gespött der Umgebung auf sich zu ziehen. Hinzu kamen Diebstähle. Es begann damit, dass Kruppke wohl im Drogeriemarkt eine bedauernswert teure Creme gegen trockene Haut erstanden hatte. Diese war jedoch zwar auf dem Abrechnungszettel nicht aber bei seinen übrigen Einkäufen aufzufinden gewesen. Einige gelangweilte Jugendliche hatten sie ihm einfach entwendet. Nach diesem Vorfall wurde Kruppke ängstlich. Nicht nur das. Auch begann seine Haut nun noch stärker zu jucken, wurde dünn, pergamentartig. An den Schultern war es nach einiger Zeit so gravierend, dass sich offene Stellen bildeten, die sich von Zeit zu Zeit entzündeten. Die weiteren Diebstähle, so wie Wäsche, die von der Leine in seinem Garten gestohlen wurde, oder das plötzliche Abhandenkommen einer kleinen Schneeschippe, wurde von ihm verstört zur Kenntnis genommen. Wie er sich dagegen wehren sollte, wusste er nicht. Seine Gedanken wurden dichter, wirrer, und er verfing sich zuweilen in ihnen so wie ein weher Vogel in einem Netz.

Ohnehin begann er sich zunehmend mit ihnen zu vergleichen. Manchmal kam es ihm so vor, als wüchsen aus den beiden wunden Stellen auf seinen Schultern winzige, flaumartige Federn. Auch hatte sich seine Stimme seit dem Vorfall mit den Diebstählen verändert, war krächzend und auch ein wenig hohl geworden. Ein bunter Schal, den er fortan ständig trug, sollte Abhilfe schaffen, sich schützend um ihn legen und seine Stimmbänder schonen. Allerdings war der einzige Effekt, den der bunte, grobgestrickte Schal hervorrief, der eines weiter gesteigerten Spotts durch die Umwelt. Das Gelächter und Geflüstre, Gezischle und Germurmel marterte sein so empfindlich angegriffenes Nervenkostüm. Etwas in ihm hoffte darauf, dass der Spott sich irgendwann abnützen, langweilig werden würde. Er brauchte also nur Zeit. Zeit… Doch dann kam der eine Tag, es mag für einige von uns beklagenswerterweise solche Tage geben, an dem einem (und nun in diesem Fall ihm) vollends der Boden unter den Füßen entzogen wurde. Dies hatte mit einem ganz besonderen, bösen Spott zu tun.

Unerklärlicherweise bezog sich dieser besondere Spott, was den gebeutelten Studienassessor Kruppke weitaus tiefer verunsicherte als der Spott an sich, zumindest an dem Tag, an welchem Kruppke diesen besonders schmerzhaft mitbekam, auf Raben. Ihm war nicht bewusst, dass es sich hierbei lediglich um einen harmlosen, wenngleich natürlich höchst unerfreulichen Zufall handelte. Ein zu jener Zeit kursierender Witz, welcher ausgerechnet *Raben* zum Gegenstand hatte, und vor allem darauf abzielte einen auf andere sonderlich wirkenden Mitmenschen zu diskreditieren, verunsicherte ihn. Selbstverständlich wusste noch immer niemand von dem unschönen Missgeschick, das dem armen Kruppke so jäh und so schändlich widerfahren war. Er war überdies mittlerweile aus der fremden Stadt, aus dem Hotel, in die Sicherheit seiner eigenen, kleinen Wohnung zurückgekehrt. Diese befand sich mitten in der Stadt, von keinem einzigen Baum, keinem Rabenbaum verunziert. Kein Rabe, kein Rabennest weit und breit. Auch das Corpus Delikti, die ruinierte Jacke, hatte er entsorgt. Niemand hatte ihn gesehen, und niemand konnte es wissen. Oder doch? Oder doch? Dass er dies, allem misstrauend, glaubte, verstärkte in ihm Argwohn und Eigensinn. Der Witz, welcher sich auf Raben bezog, war ,wie ich selber fand (auch mir wurde er bei einer mehr oder wenig passenden Gelegenheit zugetragen), gar nicht einmal so dumm- wenigstens weitaus weniger dumm als die Verbreiter solch gearteter Nachrichten. Der Witz trug sich folgendermaßen zu: Ein Mann - (es ist dahingestellt was für ein Mann das sei) - wünscht sich, ein Rabe zu sein. Er äußert diesen Wunsch mit dem Hinweis, dass er dann fliegen könne. Daraufhin mischt sich ein Zweiter in diese Überlegung ein und verkündet, dass er selbst am liebsten zwei Raben sei, da er dann hinter sich selbst herfliegen könne. Ein Dritter - (wie immer in solcherlei Gesprächen neigt immer der Dritte zu ausgesprochenen Übertreibungen)- ließ daraufhin verlauten, dass er gerne drei Raben sei. Immerhin könne er so sich dabei zusehen wie er sich selbst hinter-herflöge. Studienassessor Kruppke, von diesen wahrlich skurrilen Andeutungen verständlicherweise zutiefst verunsichert, magerte in kurzer Zeit bis auf die Knochen ab, erschrak alsbald vor dem Anblick seines eigenen Körpers im Spiegel, quittierte den Schuldienst und sah sich mit einem Mal von dem Gedanken besessen die entsorgte, einst beschmutzte Jacke wiederfinden zu müssen, sie anschließend nurmehr mit dem Futter nach außen zu tragen um das Geschehene gewissermaßen umzudrehen. Er musste sich selbst wiederfinden. Widerwärtig war sein Leben geworden, unerträglich das stete Jucken seiner Schultern, die Brüchigkeit seiner Stimme, die Hagerkeit seiner Hände, welche nun mehr an Klauen gewahrten denn an Hände. Ungewiss, ob diese Strategie einen Erfolg für Kruppke nach sich ziehen konnte. Ungewiss war auch sein weiterer Verbleib.

Unberührt waren Kleiderschrank und Bett, als man schließlich nach ihm suchte. Auffallend war allerdings, dass all´ seine Bücher auf dem Boden verstreut lagen - mit aufgeschlagenen und zum Teil herausgetrennten Seiten. Die Bücher sahen aus als höben sie zu einem Flug an, von dem sie nicht mehr zurückzukehren gedachten. Die herausgetrennten Seiten gemahnten an die Federn, welche wohl jeder Vogel bei einem solchen Vorhaben lassen muss. Alles in allem bot Kruppkes Wohnung ein ausgesprochen rätselhaftes Bild. Eine einzige Rabenfeder, fettglänzend, mittig auf seinem Badvorleger platziert, verstärkte dieses geflügelte Mysterium noch, welches ich, das gebe ich offen zu, in seiner Inszenierung albern fand. Ärgerlich ist es mir jedoch, dass ich mich, im Rahmen meiner Recherchen, selbst dabei ertappte in den Zügen eines jeden Raben der meinen Weg kreuzte nach denen von Kruppke zu fahnden. Ich stieg in dem gleichen Hotel ab in dem er damals gewohnt hatte, mich immerzu selbst ermahnend Rationalität walten zu lassen. Ich befragte Passanten, Nachbarn, frühere Kollegen sowie einen entfernten Onkel. Ich las Artikel über Raben und über geheime Metamorphosen, schritt sogar den Weg seines Spaziergangs ab. Vergeblich. Und so schmerzt es mich festzustellen, dass diese Begebenheit selbst bis heute nicht zufriedenstellend aufgeklärt werden konnte.

Das rote Bild

Die Tage, an denen er tagsüber erwachte ohne die geringste Erinnerung an den vorangegangenen Tag zu haben, mehrten sich in letzter Zeit. Ja, er erinnerte sich zuweilen an Gefühle, an Schwere und an die Abwesenheit von etwas, das einfach nicht zu benennen war. Doch von wann dieser Erinnerungen waren, vermochte er beim besten Willen nicht zu sagen. Sie konnten Jahrzehnte alt sein. Leere und ein Zittern, das aus der Mitte seines Seins kamen, waren das einzig aktuelle Echo aus den jeweils vorangegangenen Tagen. Hinzu kam ein reißender Schmerz in der Schulter, der aber, davon ließ er sich immerhin nicht beirren, ausschließlich ihm allein gehörte und mit keinem Arzt oder gar Physiotherapeuten zu teilen war. Wie läppisch diese Berufe! Wie läppisch der Versuch einem den eigenen Schmerz nehmen zu wollen. *„I focus on the pain, the only thing that´s real"*.

Ja, das war eine Aussage, mit der er sich bereits vor Jahrzehnten angefreundet hatte. Ebenso wie mit dem roten Bild über seinem Fernseher. Dem Gerät hatte er schon seit Jahren endgültig den Stecker gezogen. Das Bild jedoch rührte er nicht an.

Ehrfurchtsvoll betrachtete er es aus allen erdenklichen Perspektiven, zu unterschiedlichen Tag – und Nachtzeiten. Er träumte in unendlich dumpfen Tagträumen und heißen Träumen in den Nächten (die zuweilen auch kalt sein konnten) von dem Bild und hoffte ihm eines Tages sein innerstes Geheimnis entreißen zu können. Von der Künstlerin, durch die es damals zu ihm gekommen war, wusste man nur, dass sie wenige Tage nach Fertigstellung des Bildes an einer Überdosis der *Sonne* gestorben war: Der Sonne im gänzlich übertragenen Sinn natürlich....*texture like sun, never a frown with golden brown.* Die wahre Sonne allerdings war in dem Bild allerdings nicht zu finden, nicht einmal in einem winzigen, leisen, subtilen Querverweis, einer minimalen Versprechung. Und nicht einmal wenn gegen Mittag, besonders in den Sommermonaten, die echte Sonne über das Bild wanderte vermochte sie es nicht dieses zum Strahlen zu bringen. Das Bild wehrte sich gegen all diese Versuche, indem sich sein Rot in ein wüstes, fast gelbbräunliches hämisches Etwas wandelte, so als hätte man alle Farben, die einem menschlichen Körper innewohnten, extrahiert und daraus eine so abstoßende Farbkombination geschaffen, dass die Sonne selbst nur noch froh, erleichtert sein konnte, wenn es auf den Abend zuging. Wer konnte es ihr verübeln?

Und ihm ging es ähnlich. Die Abende waren immerhin etwas milder, sanfter, was auch der Tatsache geschuldet war, dass er seine Gehirnfunktionen mit Hilfe großer Mengen von Alkohol auf ein erträgliches Mindestmaß hatte drosseln können. `

Eine all abendliche Vorfreude, die (wie immer) mit den Minuten gewachsen war, welche sich bald auf eine bestimmte und volle Stunde geeinigt haben würde, ergriff ihn. Abend für Abend. Seine Ausgehstunde.

Zu früh durfte man eine solche nicht ansetzen. Wollte man interessant bleiben, so musste es eine späte Stunde sein, zu der man (und somit er) in die Bars seiner Stadt einzufallen pflegte. Doch hatte er sich zuvor einer List bedient. Ein kleiner Park, in dem er, fernab des Bildes, ein wenig Ruhe fand, bevor er sich dann wieder in etwas stürzte, das beinahe ebenso rot war wie das Bild über seinem untauglich gewordenen Fernseher.

Das Nachtleben. Rot war der Schleier, den er nach all den Getränken, dem Geschrei, Gelächter, Gegröle und den Zigaretten vor den Augen hatte. Rot wie ein dünner Schleier aus Blut, aufgetragen auf die kleine Glasplatte eines Mikroskops. Ein blasiger Schleier, der ihn unweigerlich eines Tages zu Fall bringen würde. Irgendetwas, etwas Unerklärliches verband ihn mit dem Bild, ebenso wie mit dem roten Schleier vor seinen Augen.

Eine böse Nabelschnur legte sich zu späterer Stunde unvermittelt, spottend um seinen Hals, brachte ihn dazu sich zu übergeben, lautstark immerhin. Irgendwann jedoch würde ihm die Luft ausgehen, so viel stand fest. Doch noch war er einigermaßen fern, dieser Tag. Trotz der Schmerzen in seinem Körper spürte er noch immer eine beinahe unverschämte Kraft in sich. Eine Kraft, die noch für viele Jahre eines Menschenlebens ausreichen dürfte – ungeachtet dessen, das er selbst tagtäglich damit befasst war diese so lang vor ihm liegende Zeit zu verkürzen. Nur diese Kraft in ihm – sie wollte bleiben. Auf der Welt bleiben. Indes - wozu eigentlich? Immer wieder bemächtigte sich genau diese Frage seiner. Die Angst vor der Heimkehr in seine Wohnung, in der niemand als das todbringende Bild auf ihn wartete, zehrte nun bereits seit Monaten an seinem Lebenswillen.

Nacht für Nacht fand er das Bild auf dem Boden wieder, so als fände er nur im Zustand des vollkommenen Rausches den Mut es von der Wand zu fegen wie eine Naturkraft, die nach dem Leben schrie. Tag für Tag jedoch hob er es wieder auf, fast ehrfürchtig, um es an seinen gewohnten Platz zu hängen.

Was heute, in dieser Nacht anders war, inwiefern sie sich grundsätzlich von all den anderen Nächten zuvor unterschied, vermochte er nicht zu sagen.

Jedoch fasste er den Entschluss, noch einigermaßen bei Bewusstsein, das Bild in dieser Nacht nicht nur von der Wand zu reißen. Nein. Diesmal würde er es zerstören.

Eine leise Angst stieg in ihm auf. Was, wenn er gemeinsam mit dem Bild sterben würde? Immerhin spürte er eine ungute Verbindung zwischen seinem eigenen Leben und dem Bild schon seit geraumer Zeit. Doch dann kehrte sich die Angst in einen trotzigen Mut. Immerhin war ihm schon lange klar, dass dieses Bild ihn tötete, töten würde.

Sollte er nun lediglich für eine Beschleunigung dieses gänzlich abscheulichen Prozesses sorgen, so wäre er wenigstens nicht nur der gelähmte, der hilflose Zuschauer.

Früher als sonst kehrte er heim, noch Herr der meisten seiner Sinne. Ohne zu zögern griff er sich das größte und schärfste Küchenmesser, riss das Bild auf den Boden und richtete es hin, zerschnitt und exekutierte alles, das ihm so verhasst worden war.

Still lag das Bild vor ihm. Es wehrte sich nicht. Natürlich nicht. Doch dann, fast höhnisch gab es seinen Inhalt preis und ergoss aus sich all die

Flüssigkeiten eines Menschen auf den Boden, der in ein widerwärtiges Farbengemisch getaucht war, als man ihn vier Tage später dort vorfand – am Boden liegend, ein Messer in der Hand, den geschorenen Kopf auf dem zerstörten Bild gebettet. Man hielt ihn für tot- doch das war er nicht.

Die unverschämte Kraft war noch immer in ihm. Selbst Monate später noch, als die anderen Patienten, die mit ihm in der Klinik waren, längst von der Monotonie des Klinikalltags und den Medikamenten weichgekocht waren, regte sich in ihm diese Kraft.

Im Keller hatte er einen ganz abgelegenen Raum entdeckt, einen nicht genutzten Kunstraum, den ein gutmütiger, aufgeschlossener und zugleich jedoch bedauerlicherweise recht depressiv und hoffnungslos veranlagter Arzt aus der Hippie-Ära hatte einrichten lassen, bevor er sich mittels einiger gut gesetzter und chirurgisch einwandfreier Einschnitte am eigenen Körper aus dem Leben befördert hatte. Nichts als der Kunstraum erinnerte noch an ihn. Der Ausnahme-Patient (als solcher wurde er empfunden) jedoch hatte begonnen zu malen, unvergängliche Bilder in kühlen, schönen Farben, ein entfernt an grün erinnerndes Blau, ein beinahe weiß anmutendes Gelb. Lediglich die Farbe Rot vermied er konsequent.

Seine Schulter schmerzte nun kaum noch.

Zunächst hatte er sich recht sicher und gänzlich unbeobachtet gewähnt, doch aus irgendeinem ihm nicht ersichtlichen Grund wurde immer wieder neue Farbe nachbestellt. Einmal die Woche standen sie im Raum, Farbtuben und Pinsel, wie von einem Geist dort abgestellt - noch bevor er ihn betreten hatte. Das Rot, das er nicht benutzte sammelte sich an und belästigte ihn mit seiner Anwesenheit. Zuerst begann er die roten Farbflaschen noch geduldig in einer der hinteren Ecken zu verstecken, bevor er an seinen Bildern zu malen begann. Doch bald war auch das nicht mehr ausreichend. Die Bestellungen wuchsen mit der Zeit, mit den Bestellungen und der Zeit wuchs das Rot. Rot blitzte grausam an den unpassendsten Stellen und zudem in den unpassendsten Momenten hervor.

Der genaue Zeitpunkt, an dem er sich entschloss sich dem Rot zu ergeben, kann heute nicht mehr, auch nicht aus den Akten seiner zahlreichen Ärzte, rekonstruiert werden. Doch stand in seiner Abschlussakte zu lesen, dass man ihn auf dem von Wasser und roter Farbe überschwemmten Kellerraum gefunden habe. Ertrunken in einer Pfütze – gewissermaßen.

Eine Photographie der Spurensicherung, die (wie gewöhnlich) mit großer, fast gönnerhaften Geste und Blaulicht angerückt war, wurde beigefügt.

Die junge Praktikantin, die sich von ihren Kollegen bereits auf den ersten Blick unterschied, sah sich die Aufnahme lange an. Sie fand, dass dieses Bild seines Todes einem tatsächlichen Bild glich.

Einem viereckigen, roten Bild, in dessen Mitte ein erlöstes Etwas lag, das noch entfernt an einen Menschen erinnerte. An Leid und an Schmerz. Instinktiv griff sie sich an die Schulter, welche ihr seit ein paar Tagen, nach einer unüblich heftigen Bewegung während des noch recht uneingespielten

Geschlechtsverkehrs mit ihrem etwas spröden, in Liebesdingen naiven Verlobten, schmerzte.

Ja, ein echtes Bild. In der Tat. Man legte ihr mit einer professionellen Bestimmtheit nahe solche Vergleiche zu unterlassen und sich nunmehr auf ihre Arbeit zu konzentrieren.

Wahrscheinlich hat sie das auch versucht. Sie hatte etwas Ehrgeiziges und Diszipliniertes an sich, was diese Vermutung zu stützen vermag.

Doch die Photographie, welche sie sich aus der Asservatenkammer gestohlen hatte, trug sie nun immer bei sich.

Ein unheimliches, klagend-rotes Bild, mit dem sie sich auf kaum erklärliche Weise verbunden und zugleich bedroht fühlte.

Die Tage wurden ihr nun oft länger und schwerer als gewöhnlich. Oft unerträglich schwer. Wie die Zeit allein schmerzen konnte-

Doch im Dunkeln gab es etwas, was sie rettete.

In den Nächten nämlich träumte sie nur in Blau.

Storiken

Der frierende Obdachlose, der in einen Altkleidercontainer geklettert war und hierbei sein Leben verloren hatte, beschäftigte die Presse immerhin ein paar Tage. Schnell war er allerdings wieder vergessen, das Leben der anderen ging schließlich weiter, was denn sonst? Doch im März des einen Jahres, das wohl niemand vergessen wird, nämlich das Jahr des großen Virus, als plötzlich alle Obdachlosen von der Straße getilgt waren, da fehlten sie mir. Es ist merkwürdig was einem in dieser Zeit so fehlte. Die Stille in mir wurde durch die äußere Stille multipliziert und zu etwas Unerhörtem gesteigert. Ich vermisse daher nun ausgerechnet sie, heftig gar: Die wilden, ungezähmten oder traurigen Aussteiger, und ich machte mir Sorgen wo sie wohl allesamt unterge-kommen sein mochten. Im Altkleiderkontainer konnte es nicht sein. Zum einen, weil nach jenem Unfall wohl so bald niemand mehr auf diese Idee verfallen wäre, zum anderen konnte es nicht sein, da diese hoffnungslos überquollen.

Gelangweilte Quarantisten hatten wohl bereits ihre großen Schränke gelehrt, die Schubladen vollends ausgeräumt. Auf großen Plakaten war zu lesen, dass während der Zeit der großen Plage, die alle Länder heimgesucht hatte, keine Kleiderspenden geholt würden. Keine Kleiderspenden mehr, auch keine Obdachlosen, die Schlange der Menschen vor den Läden in exakt bemessenem, so bedrückendem Sicherheitsabstand voreinander, welcher, zur guten Orientierung durch rote Klebestreifen und allerlei Verbotshinweise untermalt war. Drückend lag der März wohl auf uns allen, erst der April, der den Frühling brachte, erleichterte das, was mit der Seuche einherging ein wenig. Und als mein Freund den einen Satz aussprach, gerade so als bezöge sich dieser auf Zugvögel, die anlässlich des Frühlings aus Afrika zurückgekehrt waren, durchschoss mich eine kleine, jähe innere Freude. Ich möchte nichts beschönigen. Die Schärfe des Wortes, welches er wählte, wurde jedoch durch die sehr deutliche Erleichterung, die seinem gelösten Gesichtsausdruck zu entnehmen war, aufgehoben. „Die Penner sind wieder da!" Ja, die Penner – und auch die Störche, das wusste ich nun, würden bald zurückkehren. Es konnte einfach nicht anders sein. Die *Storiken* aus dem Elsass. Aus den kleinen, weißen Tragetaschen in ihren Schnäbeln, mit denen sie die seit Menschengedenken die Kinder brachten, ganz besonders jene im Elsass, würden wieder eben *diese Kinder-Tragen* werden, und den nun zweckentfremdeten Schnabelmasken weichen, die ein sehr findiges Pariser Modehaus den Störchen, zumindest denen, die lediglich Abbilder der echten Störche waren, angehängt hatten. Pestmasken, bizzare, böse Omen. Doch nun…Die lange Zeit der Abbilder wird weichen, die Zeit des unwirklichen Lebens.

Sie neigt sich dem Ende zu. Schnell sah ich aus dem Fenster und erblickte es selbst, das große-kleine Frühlingswunder. Ja, meine geliebten Penner waren wieder da. Sie nannten sich Berber, aber das andere verziehe sie mir. Wenn man es mit Achtung ausspricht verzeihen sie einem alles. So saßen sie nun. Mit ihren Bierdosen und Plastiktaschen und Sammelhüten, mit Hunden, Kaffeebechern und

Gitarren, mit ihren Decken und ihrem Geschrei. Es war einfach nicht mehr dasselbe gewesen ohne sie. Mein Freund schien ähnlich zu empfinden. Die Last, welche mich seit ihrer so aufdringlichen Abwesenheit beschwert hatte, entfloh, flog davon und erhob ihre Schwingen so unnachahmbar wie sonst nur elsässische Störche, weiße Lebensboten, an deren Schönheit ich mich noch nie hatte satt sehen können.

Hass

„Wer einen anderen entmenschlicht, in Gedanken, Worten oder Taten, der entmenschlicht hiermit zugleich sich selbst."

Claudia J. Schulze

Nie werde ich dieses vom Irrsinn und vom Hass gezeichnete Gesicht des meinem Bruder völlig ergebenen, recht servilen Mitarbeiters vergessen, welches während einer internen Familiendiskussion aus dem Nichts bzw. aus dem Nebenzimmer ins Zimmer geschossen kam, wie eine Art Wachhund oder ein Bodyguard aus der eher halbseidenen Szene. Ich versuchte ihn instinktiv sofort von mir wegzuhalten, schlug ihn sogar von mir weg. Der dumpfe Hass in seinem Gesicht war es, der mich am meisten erschreckte.

Wir waren immer gut miteinander ausgekommen. Jemand musste, und das über eine lange Zeit, einseitig über mich berichtet, gegeifert, gehetzt, mir das Menschliche genommen haben. Eine Warnung hätte mir schon sein müssen wie mein Bruder über die neulich zugezogene Mediatorin sprach.

„Dumme Sau!" Ja, das diente nicht dazu Frieden zu schaffen, auch nicht die Tatsache, dass er ihr Ohrfeigen gab- in Gedanken und Worten nur, da sie weit weg war. Doch der Ton, das Enthemmte war nun aufgegangen und hatte den Mitarbeiter befallen wie eine Krankheit. Er brüllte etwas über meine tote Mutter, die er doch gar nicht gekannt hatte. Es war also offensichtlich, dass man ihm bewusst Teile von mir berichtet hatte, die ein ganz bestimmtes, düsteres Bild über mich erzeugen sollten. Dieses Zerrbild nun, welches er nie überprüft oder vervollständigt hatte, wurde mir nun ebenso zum Verhängnis wie auch ihm. Er wurde geohrfeigt, vor allen anderen nun geprügelt wie eine verrückt gewordene Bestie, die man abwehren muss, um nicht selbst ernsthaft verletzt zu werden. Er hielt den Kopf für die hin, die ihn benutzten, die ihn vorführten wie einen tollen Hund, um bei mir Angst und Schrecken zu erzeugen. Sein Kopf steckt seither in der Schlinge.

Zur Polizei gehen werde ich selbstverständlich - es sei denn, er würde nochmals das Gespräch mit mir suchen, würde sich wie ein im Ansatz normaler Mensch verhält und mich anhören. Bisher deutet nichts darauf hin. Im Gegenteil. Doch jene, die ihn in diese Falle gelockt haben und die wissen, dass sie ihn ruinieren, wenn sie ihm nicht jetzt, jetzt, an dieser Stelle reinen Wein einschenken, indem sie einräumen einen ihnen vielleicht zuweilen etwas unbequemen Menschen bewusst zu einem Feindbild aufgebaut haben, zu einem Feindbild, mit dem man einfach alles machen kann was man will, dann wird oder kann das seinen beruflichen Ruin bedeuten. Recht ist mir das eigentlich nicht. Doch was ist mit meinem Recht? Es kommt auf den

Staatsanwalt an, das ist immer so. Auf Richter und Staatsanwalt. Egal wie es ausgeht. Den Unfrieden, den sie in ihm gesät haben- es ist deren Saat. Sie haben ihren besten Mann benutzt, um aus ihm einen enthemmten Schläger zu machen, der wie ein tumber, alkoholisierter Säufer auf eine Frau zu rennt um sie tot zu schlagen. Ich glaube wenn er gekonnt hätte, dann hätte er mich in diesem Moment tot geschlagen. Und das ist es was ich meine. Die Geschichte hat es uns gelehrt, doch es fühlt sich nochmal anders an wenn man es am eigenen Leib erfährt. Die Worte, die beginnen einen anderen Menschen zu „entmenschlichen", diesen Worten folgen Taten. Welche Macht sie haben zeigt dieser Vorfall, der sich vor einer Woche ereignet hat. Eine Person, die von nichts weiß, erfährt auf diesem Weg, dass sie fast zu Tode gehasst wird. Eine einseitige Propaganda bewog einen sonst friedfertigen, hilfsbereiten und netten Mann dazu nicht nachzudenken, diese Worte nicht in Frage zu stellen. Er entschied sich dazu alles ohne es zu hinterfragen, zu hinterdenken oder zu überprüfen zu glauben und zu einer würdelosen Karikatur seiner selbst zu werden.

Ich schreibe dies nieder, weil es mir sehr eindringlich gezeigt hat wie schnell das gehen kann.

Wie verblüffend schnell und nachhaltig, auch heute noch, Propaganda funktioniert, und wie wenig sich die Menschen, welche diese Propaganda willentlich einsetzen, im Grunde für das interessieren was sie anrichten. Der, der für sie den wirr gemachten Kopf hinhält, interessiert sie am Ende ebenso wenig wie die, die sie einschüchtern möchten. Sie wollen ihre Ziele mit allen Mitteln durchsetzen, und das ist der Grund warum ich dies hier inmitten dieser anderen Geschichten setze.

Ein Kurzgeschichte ist es nicht, vielmehr ein Essay.

Ein Stilbruch, der den Stilbruch visualisieren soll.

Es geht darum sich immer selbst ein Bild zu machen, und nicht darum sich vom Hass blind machen zu lassen. Wir selbst entscheiden, ob wir zulassen, dass wir vom Hass blind gemacht werden. Wir haben immer die Wahl uns so oder so zu entscheiden. Das sagte Viktor Emil Frankl bereits vor Jahrzehnten. Es gibt ein so oder so. Davon bin ich überzeugt. Es gibt immer noch die eine Biegung die wir nehmen könnten, um vom Hass in das Verstehen zu gelangen.

Man muss sich vielleicht nicht gleich lieben. Doch totschlagen muss man sich auch nicht.

Anfangen tut es immer gleich- und enden auch.

Voland - Besuch aus Deutschland

Das Hotel in Venetien war das, was man einen Geheimtipp nennt. So geheim, dass im Laufe der Jahre und Jahrzehnte immer die gleichen Menschen dort eintrafen. Was auffiel war, dass diese Gäste nicht alterten. Sie wurden keinen Tag älter als sie es bei ihrem allerersten Check-in gewesen waren.

Das Hotel warb mit Thermalquellen, nannte sie gar „Jungbrunnen", und doch hatten diese so glücklichen Umstände keinen Einfluss auf das Personal, welches nicht nur mit jedem Jahr gebrechlicher wurde als es sich geziemt hätte; vielmehr vollzog sich deren Alterungsprozess in beinahe unanständiger Hast, so dass der Gegensatz zwischen Personal und Bediensteten ein diametraler wurde. Man behielt darüber strenges Stillschweigen. Zu unerhört schien diese merkwürdige Angelegenheit. Nicht einmal engste Freundinnen oder Familienmitglieder gaben dieses Geheimnis preis. Die Zeit selbst jedoch, wie hätte es anders sein können, verriet sie nach einigen Jahren ohnehin. Das vorzeitige Altern der Hotel-Mitarbeiter fiel hierbei weitaus geringer ins Gewicht als die unheimliche Abwesenheit jeglicher Hinweise auf ein natürliches, ein einigermaßen geziemliches oder auch nur vernünftiges Altern bei den Hotelgästen. Was man nicht wusste war, wie hätte man dies auch nur erahnen können, dass einer der ersten Gäste, gleich zu Beginn der Eröffnung, niemand Geringerer war als der Herr Voland persönlich.

Er trat in Begleitung eines riesigen Katers, einer bleichen, grünäugigen Frau und zwei weiteren unheilvollen Gesellen, derer man sich nur ungern erinnern mochte, auf. Der Meister Voland – selbstverständlich war dieser ein Deutscher. Und das war nicht der einzige Grund warum ich mich ungern mit ihm anlegen wollte. Bei weitem nicht der einzige. Voland, ursprünglich also ein Meister aus Deutschland, und ein stetig Reisender.

Man traf ihn in Palästina, am Schädelberg verweilte er, sah über Rom und über die Stadt Jerusalem ebenso wie über Königsberg oder Prag. Mehr oder weniger unfreiwillig gab sich in Russland an den Moskauer Patriarchenteichen zu erkennen. Kurz und gut: er war immer und überall, überall und immer. Warum dann nicht auch eben in jenem Hotel in Venetien? Gut war allerdings ist ein Wort, welches man nicht in zeitlich oder räumlich nahem Zusammenhang mit Voland nennen sollte. Allein schon seinen Namen aufs Papier zu bringen bringt mich möglicherweise in größere Gefahr als es diese Geschichte wert ist. Andererseits: Ist es nicht jedes Opfer Wert um die Wahrheit am Ende ans Licht zu bringen? Ich kann es nicht sagen, denn ich habe Angst vor Voland. Jeder sollte Angst vor ihm haben. Doch wäre er mir, für eine Weile, was in Menschenjahren lang sein kann, gnädig gestimmt, wäre ich mit Sicherheit ebenfalls auf der Seite der ewig Jungen und somit glücklich. „Ich bin nicht glücklich, mauuuuuu", sprach da der riesenhafte Kater zu mir, woraufhin ich mir etwas Hoch-prozentiges einschenkte und aufhörte über das Hotel in Venetien zu schreiben.

Vielleicht hole ich es nach. In einigen Jahren. Noch, leider ist es so, fehlt mir der Mut. Am Ende finden sonst all die schönen Jungen und die Alten aus reinem Überfluss heraus ihren Tod. Und das nur, weil Voland seine Spuren verwischen möchte, oder weil ihm einfach danach ist. Derweil klappern die uralten Angestellten des Hotels mit ihren Tassen, Tellern und Knochen zu gleichen Teilen; die schönen Jungen baden im Thermalwasser und die unglückliche, riesige Katze steckt von Zeit zu Zeit in den Gärten vor dem Hotel etwas in Brand. Aus Boshaftigkeit, Unglück oder Langeweile, wie ich vermute. „Mauuuuuuuu".

Schnellwäsche

„Die Größe eines Menschen besteht darin, dass niemand ihn erretten kann."

Jiddu Krishnamurti

Er war ein fröhlicher und lebhafter 19-jähriger mit einem Kleinwagen, der so gut zu ihm passte als habe man ihn eigens für ihn gebaut. Ein kleiner grauer Flitzer mit aufgeklebten Ralleystreifen an den Seiten, meist ein klein wenig beschmiert, doch die ein oder andere Schnellwäsche rückte alles wieder so zurecht wie es sein sollte. Nichts an ihm erinnerte an das protzige Wesen seines Vaters und an dessen Sammlung von Autos, welche den Zweck verfolgen sollten sein Ansehen in der Nachbarschaft zu erhöhen; ein Unterfangen, welches nur Spott nach sich gezogen hatte. Dieser Spott hatte jedoch vor seinem Sohn Halt gemacht- bis zu dem Tag, an dem er eine biedere Familienkutsche geschenkt bekam. Dunkelblau, matt, sehr gediegen, mit einer Vollautomatik und ohne einen einzigen aufgeklebten Ralley-Streifen. Es war ein Wagen wie ihn wohl ein Notar, vielleicht auch ein konservativ gestimmter Oberstudienrat a.D. gefahren hätte. Von jenem Tag an, ich bezeuge, dass ich die Wahrheit spreche, wurde der Junge steif und hölzern, wirkte mit einem Mal um vier Jahrzehnte älter. Bald schon schmerzten ihn die Hüften, als er in das Auto stieg, dann verschwommen, durch eine geradezu unverfroren früh einsetzende. Und darüber hinaus noch eine mit einer überflüssigen und ärgerlichen Hornhautverkrümmung einhergehende, Altersweitsichtigkeit, die Verkehrsschilder vor seinen

Augen. Nichts wünschte er sich sehnlicher zurück als seinen kleinen grauen Flitzer, als er sich verzweifelt durch das schütter und weiß gewordene Haar strich, wohl ahnend, dass es ihm die Hüften nicht mehr erlaubt hätten sich überhaupt noch in jenes Gefährt von früher zwängen zu können. Nichts von der früheren Lebensfreude war ihm geblieben. Mit noch nicht einmal 25 Jahren war er nun am Ende seines Lebens angekommen. Ein chronischer Husten plagte ihn nun selbst im Sommer, so dass er sich für das ständige Einschalten der praktischen Sitzheizung entschieden hatte- ungeachtet der jeweiligen Außentemperaturen. Ach, es war doch alles nichts mehr!

Ein letztes Mal tankte er Super Plus, fuhr durch die beste Waschanlage vor Ort, löste alle Rabatt Punkte ein, gönnte dem Auto eine Unterbodenwäsche und eine Glanzpolitur, hatte beim Ausfahren Probleme den altmodischen Zündschlüssel zu drehen, so heftig saß ihm die Gicht in den Fingern.

Immerhin saß er wohl temperiert. „Beim Sterben, " dachte er sich noch, „braucht man zwei Dinge: Ein sehr blankes Auto und einen warmen Hintern."

Jetzt musste ihm seine Familienkutsche nur noch beweisen was sie so draufhatte. „Schneller", feuerte er sein Auto feurig an, vom Husten unterbrochen. „Schneller!"

Jeder einzelne Zeh fühlte sich so schwer an. Nur mit Mühe konnte er den rechten Fuß langsam vom Bremspedal zum Gas ziehen.

Er seufzte schwer. Das Auto anzufeuern würde nicht ausreichen. Natürlich musste es er selbst tun. Ein letztes Mal schüttelte ihn der Husten durch, dann endlich gab er Gas –

Onkel Bernhards Hut

Es war der Hut, der nicht mehr von der Beerdigung Antons, Onkel Bernhards Freund, zurückkam. Im Grunde war es Antons Hut. Onkel Bernhard hatte ihn nur ausgeliehen, und nun war Anton tot, Onkel Bernhard- mit Antons Hut- auf dessen Beerdigung.

Weder Anton noch der Hut kamen zurück. Bei Anton war das keine Überraschung, bei etwas Anderem schon.

Natürlich blieb es nämlich nicht bei dem Hut. Ich wollte nur nicht so mit der Tür ins Haus fallen. Und doch kann ich es nicht ewig verschweigen: Onkel Bernhard kam ebenfalls nicht mehr zurück. Wie immer hatte er sich, wie das auf dem Land zu dieser Zeit eben üblich war, ganz besonders zur Beerdigung seines besten und ältesten Freundes Anton herausgeputzt. Seinen teuersten Anzug mit weißem Hemd, den ererbten Manschettenknöpfen aus angelaufenem Silber (für die Beerdigung mussten sie angelaufen sein), die Krawatte, die ihm Tante Hedwig wohl in weiser Voraussicht in jenem Jahr zum Geburtstag geschenkt hatte – Anton war damals bereits schwer krank gewesen, die Lunge, – und sie hatte sich wohl darum gesorgt, dass Bernhard eine gute Figur auf Antons Beisetzung abgeben würde. Mit feierlichem, rasiertem Gesicht und gescheiteltem Haar hatte er seinen, beziehungweise Antons, Hut gegriffen, und das war das Letzte, nachdem er in dieser Wohnung jemals wieder griff. Ich könnte es ausschmücken, könnte von den schönen Blumengebinden und den laut weinenden Enkeln erzählen, von der so ausschweifenden Predigt oder von der Organistin, die entgegen ihrer sonstigen Art fehlerfrei spielte. Doch ich komme zu dem Wesentlichen. Onkel Bernhard starb noch in der Kirche. Er wurde somit gleich dortbehalten, kam sogleich überdies in die dörfliche Aufbahrungshalle, und dort lag er in seinem Anzug mit der neuen Krawatte von Tante Hedwig und den ererbten Manschettenknöpfen aus leicht angelaufenem Silber. Seinen, beziehungsweise Antons, Hut hatte man neben den Sarg auf einen der schlichten Besucherschemel gelegt. Der Hut hatte nun selbst etwas von einem Besucher. Onkel Bernhard sah, wie ich fand, friedlich aus. Sogar glaubte ich den Anflug von Stolz in seinem Augenwinkel zu entdecken. War es doch er gewesen, der immer gesagt hatte: *Lasset eure Lenden umgürtet sein und eure Lichter brennen, denn Ihr wisset weder Tag noch Stunde, da der Herr kommt. So seid gleich den Menschen, die auf ihren Herrn warten!*

Nun war es ihm wahrlich gelungen seinem Herrn im feierlichen Aufzug, ja, gar in dessen eigenen Haus zu begegnen. Nicht im Schlafrock und elender Verfassung. Nein. Mit dem Vaterunser auf den Lippen war er direkt zu ihm gegangen, gemeinsam noch mit seinem Freund, der ihm nur einen Wimpernschlag voraus gewesen war. Stolz und Freude las ich auf seinem Gesicht. Ich nahm den Hut in meine Hand, befühlte das feine Material und dachte mir, dass es ebenso fein war wie es mein Onkel Bernhard gewesen war. Mitgenommen habe ich ihn jedoch nicht. Ich hänge an meinem Leben. Die Toten geben das, was sie am Leib trugen nämlich niemals her.

Unmenschlicher Schmerz

Meine Nichte klopft oben an die Haustür. Sie hat keinen Schlüssel.

Niemand ist da. Fast niemand. Ich bin da, eine Etage tiefer, aber ich habe auch keinen Schlüssel. Sie könnte zu mir kommen, es regnet.

Aber das wird sie wohl nicht tun. Sie redet nicht mehr mit mir. Ihr kleiner Hund kläfft von der anderen Seite der Tür zu ihr heraus, und sie ist verzweifelt. So sehr möchte sie zu ihm. Sie möchte lieber zu ihm als zu mir.

Ich muss an die Amerikanerin denken, die ihren Hund in Japan klonen lassen wollte. Ihren toten Hund. Sie sagte in einem Interview, dass bereits der Tod ihrer Mutter sie irgendwie belastet hätte.

Doch der Tod ihrer Mutter sei einfach nichts im Vergleich zu dem unmenschlichen Schmerz, den sie jetzt fühle.

Jetzt, wo ihr kleiner Struppi, ihr Liebling und unangefochtener Wonneproppen tot sei.

Zeitsprung in meinem Kopf. Einige Jahre später.

Meine Nichte klopft an die Tür, und alle sind tot. Warum hat sie nur nicht rechtzeitig ans Klonen gedacht? Wenigstens doch ihren kleinen, treuen Hund hätte man klonen können? Warum hat sie nicht daran gedacht, als es noch möglich war?

Sie klopft an die Tür. Kein Laut. Kein Gebell. Kein Lachen. Nichts.

Sie klopft. Sie klopft und klopft.

Paranoia.

Gedanken verbiegen sich in weicher Birne.
Faulobstige Endlosschleife.

Alles wirft er mir vor.

Nun türmt es sich vor mir: Ich habe Adam den
Apfel gegeben und Hitler unter Schmerz geboren.

Ich habe Auschwitz errichtet und die Berliner
Mauer.

Mea culpa, mea culpa.

Mea maxima culpa.

Er ist ein Messer. Ein Messer im Bauch.

Den Papst habe ich getötet und die, welche unter
ihm litten gleich dazu.

Gift oder Galle.

Schnell ging es nie. Orkane und
Überschwemmungen gehen auf mein Konto.

Feuersbrünste alleweil, Hiroshima dazu und

En passant. Nur eine Vorübung. Das weiß doch
Jeder. Ein Test.

Wenn ich ihm dann erkläre, dass ich zu der Zeit
Noch nicht einmal geboren war, dann gibt er mir,
Der Teufel steh´mir bei,

Auch hierfür die Schuld.

Beim ersten Mal

Beim ersten Mal fiel mir das noch nicht so auf.

Diese Attacke.

Aber ich träume nun nachts, dass mich ein
Scharfschütze durch das Fenster erschießt.

Und im Garten ist das Grab meiner Mutter.

Der Scharfschütze steht im hinteren Garten

Früherer Ort lächerlicher Geborgenheit.

Friedhof vergangener Kuscheltiere.

Soll ich das Licht anlassen? Derweil brennt die
Kerze.

Auf dem Grab meiner Mutter.

Ich höre Wilhelm Busch und sehe die Jacke des
Studenten.

Ich wusste nicht, dass das Goebbels war. Verkohlt
ist er nun. Lehrer Lempel.

Lehrer Goebbels.

Ich weiß nicht, warum dieser Scharfschütze noch immer auf mich zielt. Bin ich nicht schon lange tot? Wie soll das gehen?

Dann will noch jemand von mir wissen warum

Gott es denn zulässt, dass Kinder sterben.

Nachts um halb drei.

Von Flughäfen und Blut

Stehe auf dem Flughafen und habe Schwierigkeiten mit meinen Halbschuhen. Die Schnürbänder sind viel zu lang. Endlich schaffe ich es. Ein Pfarrer kommt und will mich oder meine abgezogenen Halbschuhe segnen. Ich verzichte darauf. Den Flug erreiche ich nicht mehr. Ich laufe barfuß. Irgendwann erreiche ich ein Land im Lehm. Ich gebäre ein Kind in einer Lehmhütte, vermutlich in Indien. Dabei verliere ich Unmengen von Blut. Neben mir steht ungeduldig ein weißer, gut gekleideter Mann, Mitte Vierzig, mit seinem geschäftigen Manager. Kaum ist das Kind geboren nehmen sie es mir weg. Der fein gekleidete Mann, der bemerkt, dass ich im Sterben liege weil ich zuviel Blut verliere, möchte noch in eine Apotheke gehen um mir Schmertabletten zu bringen. Der Manager winkt ab. Er möchte seinen Flug nach Europa erreichen und mein Kind soll das Geschenk für die Frau des gut gekleideten Mannes sein. Beide haben keine Zeit zu verlieren. Der gut Gekleidete fügt sich und wendet sich von mir ab. Mein Kind schreit. Nun blute ich auch aus dem Kopf. Vor meinen Augen färbt sich alles rot. Dann ist nichts mehr.

Kameraden

Alle habe ich verloren- nur sie ist bei mir geblieben, treu und Tod-bringend, sanft und unerbittlich: Die Traurigkeit. In vielerlei Gestalten näherte sie sich, entfernte sich - doch verließ mich nicht. Auf sie allein war zu zählen. Denn immer wieder kehrte sie zu mir zurück. Leidend wie der zerrissene Kamerad im Schützengraben, wie die Braut, die am Ende doch auf einen anderen gehofft hätte. Unglücksam, wie das verwundete, irr pochende Knie eines gefallenen Mädchens, wie die Kehle einer Witwe oder ein gebrochener Kiefer. Und doch fühlten wir, dass wir sie beide nicht beenden konnten, diese höhnische Kreuzigung zwischen uns - während der zerrissene Kamerad im Schützen-graben sein Leben verlor.

Comrades

I lost everyone - only she stayed with me: loyal, deadly gentle and unrelenting. Sadness - In many forms she approached like a displeased mother and sometimes she seemed to vanish, but never she did leave me. Occasionally she tricked me with her looks. Still you could count on her alone. Because she kept coming back to me, suffering like the torn apart comrade in the trenches, like the bride who would have hoped for someone else in the end. Unfortunate like the wounded, throbbing knee of a fallen girl, a widow´s throat, a broken jaw - and yet we only felt that it was what could not be changed. Unable to end this scornful crucifixion between us while the torn comrade lost his life.

Von Spinnen und Menschen

Da gab es diesen merkwürdigen Häftling. Johann. Der Häftling war so einsam, dass er sich mit einer Spinne anfreundete, die dort in seiner Zelle saß.
Selbstverständlich wusste die Spinne nichts davon, dass der Häftling mit ihr befreundet war, doch auf solche Feinheiten kann es einem einfach nicht mehr ankommen, wenn man in Gefahr ist vor lauter Einsamkeit schlichtweg verrückt zu werden. Johann wusste manchmal seinen eigenen Namen nicht mehr, so wirr war ihm der Kopf vor lauter

Einsamkeit. Der Häftling Johann hatte also eine große Freude an seiner Spinne. Mit Sicherheit gab er ihr auch einen liebevollen oder einen würdigen Namen, doch dieser ist hier nicht verbürgt.

Als schließlich ausgerechnet der Wärter Kutris, der leider ganz ausgesprochen sadistisch veranlagt war, durch Zufall mitbekam wie sehr sich der seltsame Häftling an der Spinne freute, zertrat er sie auf der Stelle. Man wollte es dem Häftling Johann hernach, warum kann ich nicht sagen, partout nicht als mildernden Umstand auslegen, dass er ja schließlich im Affekt und aus unaussprechlich tiefer Trauer heraus gehandelt hatte, als er den Wächter Kutris daraufhin ohne zu Zögern erschlug.

Philomen und Baucis

Familie Benischek musste, unter starkem Protest, ihre Wohnung wie so viele Landsleute, es war kurz nach Kriegsende im Jahr 1945, gezwungenermaßen mit anderen, ihnen vom Staat zugewiesenen Bewohnern teilen.

Nach den verheerenden Bombardements im Land

gab es nun beinahe überall zu wenig Wohnraum. Überhaupt war alles knapp. Nun hätte man denken können, dass die Familie doch großes Glück im Unglück gehabt haben mochte, denn immerhin: Niemand anderes als das außerordentlich höfliche, gebildete, zudem ruhige Professoren-Ehepaar Jolig aus der Stadt Dresden war bei ihnen eingezogen, hatte sich mit einem kleinen Zimmer samt Balkon beschieden und war dort so zufrieden wie es nur Philomen und Baucis einst gewesen sein dürften. Sie hatten den Krieg überstanden, waren bei sich. Zwar hatten sie ihre wunderschöne Wohnung in nur einer Nacht verloren, doch dieses Schicksal teilte man mit so vielen. War man also froh über das, was man nun noch hatte. Die gesamte Familie Benischek hätte im Grunde nicht glücklicher sein können als diese beiden Herrschaften um sich zu wissen. Sie hatten sogar angeboten den Kindern bei den Haus-aufgaben beizustehen; besser hätte es also nicht laufen können, zumal beide Benischeks den ganzen Tag arbeiteten und für die Kinder wenig Zeit hatten. So sagte man zunächst zu, erkannte dann aber bald wie glücklich und vertraut die Kinder und die alten Leute miteinander wirkten, was den Benischeks als eine glatte Unverfrorenheit erschien. Sie selbst schufteten von früh bis spät - nur damit sich ihre Rangen auch noch angewöhnten ganz wildfremde Menschen zu lieben und sich dann auch noch bei diesen wohl zu fühlen? Niemals! Schnell war das gemeinsame Lernen also unterbunden und die Benischek durchzuckte es kurz vor ganz eigenartiger Freude, als sie einen Schatten von Trauer im Gesicht der alten Dame wahrnahm. *„Hat die Alte nun davon. Hätte ja eigene Kinder machen können!"* Niemand wusste, dass dieses so sehr an Philomen und Baucis erinnernde Paar ihr Kind, eine kleine Tochter, längst schon zu Grabe getragen hatten und sie danach, weil ihre Trauer so groß und übermächtig gewesen war, niemals mehr wieder einen Versuch in diese Richtung unternommen hatten. Dennoch bezeichneten sie ihr Leben in der Retrospektive als durchaus schön. Beide schafften es auf ihre Art, Enttäuschungen, Schmerz und auch Trauer mit ihrer Liebe und Lebensfreude ein wenig in den Hintergrund treten zu lassen.

Somit verschmerzten sie auch die nun gestrichenen Lernnachmittage recht gut, setzten sich stattdessen auf ihren kleinen Balkon in die Sonne und hielten einander die Hand. Eines Tages war es der umsichtigen Professorin Jolig irgendwie gelungen tatsächlich rote Geranien zu besorgen, mit denen sie die beiden alten Blumenkästen, welche fest am maroden Balkon angebracht waren, ganz liebevoll bepflanzte. Auch den Benischeks hatte man, um sie zu erfreuen, ein Exemplar in einer großen Vase auf den Tisch gestellt. Die alte Frau Professor Jolig war ganz außer sich vor Glück und lachte wie ein junges Mädchen und er strahlte sie dabei verliebt an. Die Benischek spürte daraufhin deutlich wie ihr das immer mehr gegen den Strich ging. Diese Freude der beiden! Sie nörgelte so lange diesbezüglich vor ihrem Mann bis dieser schließlich ein lautes Machtwort sprach und die Blumenkübel harsch einforderte, sogar persönlich abmontierte.

Sie selbst konnten sie nicht gebrauchen, da es nur

einen einzigen, kleinen Balkon in dieser Wohnung gab, doch das machte Frau Benischek gar nichts aus. Hauptsache die Jolig würde die Blumen nicht haben. Mit zitternder Freude warf sie die Geranien auf den Müll.

Da, wohl durch die heftige Bewegung, spürte sie zum ersten Mal deutlich und ungut ein so merkwürdiges Ziehen im Unterleib. Es war der allererste Bote des Todes, von dem die immerzu so schwer beschäftigte Frau Benischek zu jener Zeit natürlich, wie sollte sie auch?- noch nichts wusste. Der erste Bote- und noch wusste sie ebenfalls nicht, dass die guten alten Leute all ihre Geranien aus dem Müll retteten, sie irgendwie versteckt hielten und sich nun ganz heimlich an ihnen erfreuten. Nach Frau Benischeks schnellem Tod zum Sommer hin, dem noch weitere Todesboten eilig vorangeschritten waren, wuchsen eben diese Geranien so prächtig und rot auf ihrem Grab, dass viele der Friedhofsbesucher, die notgedrungen an der letzten Ruhestätte der Benischek vorbeiliefen, ganz kirre und neidisch wurden. Fast hätte einer an einem Tag ein paar davon ausgerissen, wäre nicht zufällig die Frau Professor Jolig just mit einer Zink-Gießkanne vorbeigekommen und hätte umgehend seine gierige Hand sanft, doch energisch zur Seite geschoben.

Die alte Frau Professor ließ nun einmal schlechte Manieren einfach nicht gelten.

Das war schon immer so bei ihr gewesen.

Und im Alter konnte man noch weniger aus der eigenen Haut. Ebenso verabscheute sie vertrocknete Blumen. Und so goss sie mit konzentriertem Blick in Begleitung ihres Mannes, das von Geranien in der Abendsonne fast rot lodernd wirkende Grab der Benischek, während der Friedhofsdieb sich elend davonschlich. Sicher bin ich mir nicht, doch war mir, als wären doch tatsächlich für einen Moment der echte Philomen samt seiner Baucis ganz vertieft und verträumt Hand in Hand unbemerkt hinter ihnen gestanden. „Sind sie nicht einfach wundervoll?", fragte Frau Professor noch ihren Mann, und zeigte zu den Blumen hin, die, wie sie fand, hier wichtiger waren als auf ihrem Balkon. Hatten sie doch die Aufgabe, Trost zu spenden. Der Professor nickte. Dann nahm er sie, wie immer, sanft an der Hand und führte sie fort. In der Hosentasche hatte er eine kleine Blumenzwiebel versteckt.

Auch die Lebenden brauchen so ihre Freuden, davon wich er nicht ab.

Frau Professor Wolf (Todesboten1)

Frau Professor Wolf, gerade mit der Arbeit an einer umfangreichen Märchenenzyklopädie befasst, und dies seit dem Tod ihres Mannes ohne Unterlass, begann die Dinge durcheinanderzuwerfen, nicht mehr so genau zu nehmen oder vielleicht auch doch etwas zu genau? Am 16. Dezember eines Jahres, welches so dunkel war, dass es im Grunde keine gesonderte Erwähnung verdient, wurde sie nämlich bei dem ernsthaften Versuch festgesetzt der Bevölkerung willkürlich diverse Geldscheine zuzustecken, weswegen die Exekutive der damaligen Staatssicherheit sich gezwungen sah, sie gar in eine geschlossene Nervenheilanstalt einzuweisen. Zur Sicherheit. Ohne die Arbeit an ihrer Enzyklopädie, ohne ihren Mann und ohne die Freiheit Geld zu

verschenken wie es ihr von einer ihrer Lieblings-
figuren aus der Enzyklopädie vorgelebt worden
war, blieb ihr nicht viel mehr als des Nachts zu
heulen. Die Tage waren hierfür zu unerheblich.

In den Nächten jedoch tat sie ihrem Namen alle
Ehre. Jahr für Jahr. Leider ist mir nicht bekannt, ob
jemals wieder, solange es jene Staatsform gab, Geld
beliebig an Passanten verschenkt wurde. Doch ging
nicht unsere Frau Professor Wolf am Ende zu-
grunde, sondern eben jene Staatsform, was in
klassisch-kausaler Ableitung durchaus damit in Zusammenhang gebracht werden kann, da immer
dann, wenn also jemand verhaftet oder anderweitig
interniert wird, der gerade mit Inbrunst, voller
Ernsthaftigkeit und / oder großer Motivation-
kurzum konzentriert- damit befasst ist, Figuren aus
einer nachgewiesen seriösen, also in einem an-
gesehenem Verlag publizierten Märchenenzyklopädie nachzustellen, vollumfänglich und zu jeder
Zeit als Todesbote, respektive Todesbotin fungieren
kann. Das Wissen darum ist hierbei nicht notwendigerweise eine zwingende Voraussetzung.

Todesboten (2) - Pechmarie

Um mich herum sterben die Leute ungebremst, obgleich weder Krieg noch Seuchen herrschen, und diese Menschen nicht alt sind. Offenbar reicht die alleinige Tatsache hin, dass mir eine Person am Herzen liegt, und begründet zugleich ihr Todesurteil. Liegt es daran, dass auch ich einst versucht habe eine Märchenfigur nachzustellen? Zwar wurde ich nicht interniert, doch verhöhnt immerhin- und das nicht zu knapp. Und nun sterben sie alle. Gerade auch jene, die nicht gelacht haben, was ich als tief ungerecht empfinde. Zudem war meine mir zugeteilte Märchenfigur wohl, mag man den verschiedenen Befragten Glauben schenken, ohnehin nur sehr unzureichend dargestellt und dabei so schlecht wiedergegeben, dass sie nur von einem Bruchteil der Menschen, die mich dabei beobachtet hatten, auch tatsächlich erkannt und richtig identifiziert wurde. Vor allem aus diesem Grunde möchte ich jenes Schauspiel auch gern dem Vergessen anheim fallen lassen. Doch sehr viel leichter gesagt als getan. Da es allerdings ausgerechnet bei einer vorweihnachtlichen, in Folge also beängstigend gut besuchten Schulaufführung vonstattengegangen war, darf ich mir mit Sicherheit keine allzu großen Hoffnungen dahingehend machen, dass dies jemals der Fall sein könnte. Unzählige Objektive, Kameras und Blicke waren auf meine kleinen Mit-Schauspieler und mich gerichtet. Frau Holle wurde gegeben, und ich, ursprünglich mit der Rolle der Glücksmarie besetzt, wurde offenbar für die Pechmarie gehalten, wovon zahlreiche Zwischenrufe und Kommentare kündeten. Während Frau Holle also mit ihrer weiß gepuderter Perücke aus einem Pappfenster den vermeintlichen Schnee schüttelte, (was zugegebenermaßen bereits damals als ein geradezu hervorragender Special Effect durchging, vor allem da man den Hausmeister konsultiert hatte, welcher in diesen Dingen unschlagbar war), während also die Vorstellung gerade auf einen fulminanten Vor-Höhepunkt zusteuerte, verschob sich das Glück zu meinen Ungunsten, und nichts konnte daran etwas ändern. Nicht einmal der beste künstliche Schnee weit und breit. Ich muss davon ausgehen, dass dies zum einen durch meine natürliche Haarfarbe, nämlich ein abgrundtiefes Nacht-Schwarz, geschah. Zum anderen wird es wohl meiner grundsätzlichen Angst geschuldet gewesen sein vor großem und offenbar recht verwöhntem Publikum zu sprechen, so dass meiner Interpretation der Goldmarie vermutlich so genuin Verdrucktes anhaftete, dass der empathische und aufmerksame Zuschauer gemeinhin wohl gar nicht anders konnte als fest anzunehmen, dass dies hier, dieses etwas scheue, sehr dunkelhaarige Mädchen seinem hell glitzernden, etwas albernen goldenen Umhang zum Trotz die Pechmarie zu sein hätte und niemand sonst. Als ich daraufhin wahrlich erbost die Bühne verlassen hatte, war dies der quälende Auftakt zu wochenlangem Hohn gewesen. Nein, interniert hatte man mich nicht, wenngleich dieser Hohn mich in eine gewisse Isolation versetzte, ein Zustand, der weder einem Gefangenen noch Psychiatrie-Insassen letztlich ganz fremd sein dürfte. Vielleicht ist das ja der wahre Grund für mein jetziges Todesboten-Dasein, in welchem offenbar allein meine Freundschaft zu einem Menschen der Garant dafür zu sein scheint, dass sein Leben auf dieser Welt vor seiner Zeit beendet wurde. Löst es jedoch noch immer nicht das für mich unergründliche Rätsel, warum es die Guten sind, die gehen müssen. Jene, die eben weder gelacht haben noch gelacht hätten- wären sie anwesend gewesen. In einer Nacht, ebenfalls in der düsteren, kühlen Zeit vor Weihnachten, dann sprach im Traum die Glücksmarie zu mir, die an ihrem hell goldenen Kleid zu erkennen war, und keinen Hehl daraus machte, dass jene, die gegangen waren, dies selbst nicht als Strafe, sondern vielmehr als große Gunst erlebt hätten. Weit fort von den grauenvoll brauenden Nebeln der Menschheit, an besserem Ort nun. Bevor ich erwachte, winkte sie mir noch einmal zu und lachte. Ob ich einer Person mit solch läppischem Lachen, und in ein goldenes, glitzerndes Fähnchen gehüllt, Glauben schenken sollte? Ich wusste es nicht. Dennoch entschied ich mich sicherheitshalber dazu wenigstens in nächster Zeit keine allzu engen Freundschaften mehr zu knüpfen. Gunst hin oder her -man möge mich doch bitte aus solchen Überlegungen des Schicksals heraushalten. Am Ende nämlich, immerhin sind Vorstellungskraft und auch Urteilsvermögen der meisten Menschen, nach meiner Erfahrung, in der Regel limitiert- hält man mich dann tragischerweise doch noch für die Pechmarie. Etwas, was es unbedingt zu vermeiden gilt.

Der Mothman - Todesboten (3)

Der Mothman wurde an verschiedenen Orten in den Vereinigten Staaten von Amerika gesichtet und als menschenähnlich, riesenhaft und mit großen Flügeln, sowie roten Augen beschrieben. Er galt als Bote des Todes, als eine Gestalt, die in der Lage ist Unglück vorauszusehen und durch seine unheimliche Anwesenheit auf ein drohendes Unglück aufmerksam zu machen. Ob es ihn dort wirklich gab? Ich habe ihn, zu dem Zeitpunkt, an dem ich erstmals von ihm hörte, nicht gesehen. Lediglich das Entsetzen auf den Gesichtern derer, die von ihm berichteten, ist mir in Erinnerung. Dieses Entsetzen dürfte sich mit dem meinen gedeckt haben, als *ich* es schließlich war dem der Mothman begegnete. Hierzu bedurfte es noch nicht einmal einer Reise nach Übersee. Der Mothman kam einfach zu mir. Ich erkannte ihn sofort an den Flügeln und an den roten Augen, welche die Nacht durchbohrten. Er zeigte sich mir in inflationärer Häufigkeit und verlor dennoch nichts von seinem Schrecken. Was er mir voraussagte war hingegen, zumindest nehme ich das an, kein festen Hinweis auf einen baldigen Tod derer, die er mir zeigte. Vielmehr machte er mich eher grundsätzlich auf das Memento Mori aufmerksam, so dass ich davon ausgehen musste, dass der europäische Mothman ausgeprägtere philosophische Züge an sich haben musste als sein amerikanisches Pendant; ein Umstand, der mich im

Grunde recht wenig verblüffte. Und so erschien der Mothman, während ich gerade in der Stadt auf einer Bank saß, wies auf ein spielendes Kind, welches vor meinem inneren Auge rasend schnell zu altern begann, starb und, noch ehe der Mothman sich wieder davon gemacht hatte, bereits zu Staub zerfallen war. Alles, was er mir in der Folge zeigte, zerfiel ebenso zu Staub: Das junge Ehepaar vor dem Rathaus, der mit seinen Bauplänen beschäftigte Architekt, die junge Lehrerin. Häuser wurden zu Staub und Bäume, streunende Katzen und kläffende kleine Hündchen. Warum nur konnte außer mir das niemand sehen? Warum konnte niemand ihn sehen- den Mothman? Es war quälend, die Zeit mit ihm. Erst als ich ihn, durch einen tückischen wie diabolischen Trick, dazu bewegte einmal auf sich selbst zu zeigen, hatte ich endlich Ruhe vor ihm.

Vom Blatt in den Zweigen

Der Mord geschah in den frühen Morgenstunden eines noch warmen Septembertages. Ludwig, ein schmächtiger, ältlicher Mann, bereits auch ein klein wenig schwerhörig, der stets einen über die Jahre speckig gewordenen hellbraunen Schlapphut trug, war wie immer bereits wach und tat das, was ihm am meisten am Herzen lag: Er hielt sich in seinem Garten auf. Vor allem seine großen, alten Bäume verwickelte er bereits während des stets langsamen Tageserwachens in zärtliche Dialoge. So tief tauchte er in diese Gespräche ein, dass er zuweilen alles andere um sich vollkommen vergaß. Dies sollte ihm noch am gleichen Tag das Leben kosten. Doch noch wusste er hiervon nichts. Sie hatten es ihm angetan – wie alle Pflanzen. Seine hellen Augen strahlten vor Glück, wenn er bei ihnen sein durfte, wenn der herbe Geruch der Erde sich veränderte, so wie jetzt im Herbst, wenn die Pflanzen sich abwechselten wie die Vögel, wenn Farben prächtig getauscht und endlich kleine Beerenernten eingefahren werden konnten, spürte Ludwig besonders intensiv, dass er am Leben war. Mit Menschen hatte Ludwig eher Pech. Zumeist mied er ihre Gesellschaft erfolgreich, so dass man sich nach seinem Ableben keinen Reim darauf machen konnte wer ihn denn nun ermordet haben mochte. Man konnte es drehen wie man wollte: Wer sollte nur diesem in sich gekehrten, ruhigen Mann etwas zuleide tun wollen? Man dachte selbstverständlich an alle möglichen Motive, schloss diese dann allesamt wieder aus und übersah hierbei jenes Motiv, welches doch, sieht man sich auf der Welt um, eines der häufigsten Themen ist, welches die Menschheit wohl seit Beginn ihrer Vorherrschaft bewegt: Neben Dummheit, Neid, Boshaftigkeit und dem unbedingten, nagenden Drang sich über andere zu erheben, trieb ihn die unbändige Gier an- den Menschen im Allgemeinen ebenso wie den großen Reinhard, Ludwigs Nachbarn, im Speziellen. Man nannte ihn so wegen seiner Körpergröße, doch geistige Größe durfte man unter keinen Umständen bei ihm erwarten. So war das nun einmal. Gierig war er trotzdem- oder gerade deswegen. Reinhard hatte es schon lang auf dessen Wald-Grundstück abgesehen. Große, dickstämmige Bäume, dichte, hohe Büsche und dazu zahllose Blumen säumten Ludwigs kleines, weißes Haus; der Garten glich einem kleinen Schlosspark, in dem die Vögel unermüdlich vor sich hin sangen, in welchem sich Himmelschlüssel, verblühter Löwenzahn, Tulpen, Magnolien, Flockenblumen, Gerbera in allen möglichen Farben, allerlei seltenen Rosensorten, Geißbart, Goldregen Gundelrebe. dazu weißer, prächtiger Flieder, rote und schwarze Johannisbeeren, Waldheidelbeeren, grüne Moose und Fichten, Silbertännchen, Weiden und Eiben, Blutpflaumen, Kirsch-, Apfel, Herz,- Birn- und Ahornbäume ganz friedlich und vertraut aneinanderreihten. Auf dem hiesigen Immobilien-Markt ohne Frage ein enorm gewinnbringendes Millionenobjekt. Reinhard hatte selbstverständlich bereits sehr konkrete Pläne: Das alte, bereits recht windschiefe Häuschen mit braunen Holzziegeln Ludwigs würde schnell und hurtig einer diesem Standort angemessenen Villa weichen müssen.

Da der Einzelgänger Ludwig keine Familie hatte, Pflanzen zählten nun einmal juristisch nicht als Nacherben, und er ihm vor Jahren, nach einem Alkohol-geschwängerten Besuch den er selbst unter einem Vorwand eingefädelt hatte, das Versprechen abgenommen hatte ihm das alleinige und uneingeschränkte Vorkaufrecht zu gewähren, wähnte er sich also in absoluter, herrlicher Sicherheit. Ludwig würde ihm dabei helfen reich zu werden. Ludwigs Tod würde ihm dabei helfen und war schon vor langem zur beschlossenen Sache geworden.

Hinterrücks wurde der arglose, vertiefte Ludwig an dem eben beschriebenen Morgen, der so wunderbar begonnen hatte, erschlagen, als er im innigen Gespräch mit der Blutpflaume war und dem großen Ahorn nur für eine Minute den Rücken gekehrt hatte. Ein einziger, überraschter Schmerzensschrei entwich traurig seinen schmalen Lippen, dann fiel er stumm vornüber in das noch taugenetzte Gras. An der Stelle unter jenem Ahorn, wo der große Garten durch eine Einfahrt durchbrochen worden war, stand Reinhards Wagen. Der weit geöffnete Kofferraum wartete fast ungeduldig darauf Ludwigs Leiche in sich aufzunehmen, als der große Ahorn einige Blätter abwarf und eine Spur legte; eine Spur, die Reinhard noch zum Verhängnis werden würde. Zu dessen eigenem Erstaunen hatte man ihn sofort in Verdacht, (des Vorkaufsrechts wegen), konnte ihm aber durchaus gar nichts nachweisen- nichts bis auf drei Ahornblätter in seinem Kofferraum, die als einzige, jedoch nicht verwertbare Anhaltspunkte galten. Erst zwölf Jahre später, einen hartnäckigen Polizisten hatte der Fall nicht losgelassen, kam man auf die Idee die Blätter einem bestimmten Baum zuzuordnen. Wie jeder Mensch nämlich hat auch jeder Baum seine eigene, seine ganz individuelle, seine erfreulich unverwechselbare Identität. Kein Ahorn gleicht dem anderen. Das hat er noch nie- und das wird er nicht. In den Laboren einiger wissensbegieriger Wissenschaftler (wie der Name ja schon andeutet), ist das schon lange nichts Neues mehr. Lange Zeit also nachdem Ludwig tot und heimlich aus seinem heimischen Garten getragen worden war, verriet der alte Ahorn, dass *er* es gewesen war unter dessen Zweigen und Ästen des Mörders Wagen mit gierig aufgerissenem Koffer-raum gestanden hatte. Lange schon ist auch dieser Mörder nun tot. Todesboten, Blätter, Labore – Gerbera und Erde. Der unverwüstliche Garten jedoch erwacht dennoch- oder gerade deswegen- in jedem neuen Frühjahr zu frischem Leben, und der Ahorn, besonders er, reckt seine Zweige von sich als wollte er sich weiten, noch immer wachsen, höher hinaus, um etwas zu hören. Seine Blätter und Zweige bewegen sich dann so als würden sie nicken oder sich zu einer Melodie aus Worten langsam im Wind wiegen. Ich weiß, die Wissenschaftler aus den Laboren würden mir nicht glauben, vielleicht noch nicht einmal all jene, denen diese Geschichte zu Ohren kommt. Doch bin ich mir sicher, dass es Ludwigs Stimme ist, die er noch immer hören kann.

Illustratorin / Malerin Klára Sedlo, Prag:

Der aufgehende Stern an Prags Künstlerhimmel.

Autorin: Dr. Claudia J. Schulze, Konstanz

Autorin: Studium der *Literaturwissenschaften*, *Psychologie*, *Kognitionswissenschaften* und *Philosophie* in Freiburg, Zürich, Karlsruhe und Konstanz. Abschluss in Pädagogischer Psychologie mit Literatur-Didaktik, Promotion in Freiburg. Redaktionsmitglied der Literaturzeitschrift *WANDLER* Mitglied der *Konstanzer Autorengruppe* „*Literarisches Café*" und des *Steinbachensembles* (Baden Baden) *Veröffentlichung mehrerer Kurzgeschichten* sowie Lyrik und Auszüge längerer Erzählungen in unterschiedlichen Literatur-Zeitschriften in Deutschland, Österreich und der Schweiz (Wandler, cet, Am Zeitstrand, decision, Anthologien wie die Bibliothek deutschsprachiger Gedichte, Hörbücher (In den Schuhen der Welt, Nachtflüge) Print- & Online-Veröffentlichungen, Print-On-Demand.

Autorengruppen in sozialen Netzwerken mit
Veröffentlichungen
Veröffentlichung mehrerer Rezensionen (Print- und
Online), Bibliothek deutschsprachiger Gedichte,
Slam-Poetries, zahlreiche Autorengruppen und
Literatur-Blogs.
Hörbücher-Veröffentlichungen bei der Hörbuch-
Manufaktur, Berlin
UNTER CJ.Schulze@gmx.de kann man weitere
Bonus-Geschichten und Hör- Tracks anfordern.

Auswahl Print- und Hörbücher

Famille heureuse

Glückspillen

In den Schuhen der Welt

Der Hunger der Käfer(Kafka)

Fiebertraum (Goethe)

Schwarze Kirschen (Tschechov)

Brain Terror (Kurzgeschichten)

Des Wahnsinns Beute(Print und Hörbuch)

Früher Frost(Print und Hörbuch)

Tee bei Dr. Goerdeler (Print und Hörbuch)

Lebenszeichen (Print und Hörbuch)

Ist so kalt der Winter

Agathes Weihnachtsbaum

Vom Mut des Drachentötens

Trauer in Wort und Bild

WERNER WILKENING ÜBER DIE AUTORIN:

Dr. Claudia J. Schulz, Autorin: Studium der Philosophie, Psychologie, Erziehungswissenschaften, Journalismus und Neuere Deutsche Literaturwissenschaften.

Redaktionsmitglied der Literaturzeitschrift WANDLER. Ihre Geschichten handeln von jenen Verzweifelten, die irgendwo und irgendwann den Anschluss verloren haben, Irgendwo am Rande - inmitten? - einer Gesellschaft existieren, die sich dem Erfolg, der Selbst-Optimierung, Eigen-Effizienz – dem Wohl-Stand und der Ego-Manie ver-schrieben hat.

Doch wer hier langwierige Analysen schwieriger Patienten erwartet hat, dürfte enttäuscht werden. Ihr geht es um mehr: die Sonde nämlich an die Wurzel zu legen, die Wurzeln unserer Menschlichkeit – unserer Existenz, unserer Endlichkeit und der Grenzen unseres Verstandes. Manch einer ist daran schon buchstäblich irre geworden – und um genau solche Menschen geht es. „Lebenszeichen" - so heißt z.b. eine ihrer Kurz-geschichtensammlungen – so könnte man auch ihr Werk umschreiben. Ihre Helden bewegen sich zwischen Traum & Realität – zwischen Leben und Tod – nicht nur als Patienten, also: Duldende. Sie besitzen ihre eigne Kraft, ihren eignen Mut – eine eigene Würde. Und ihre eigne Komik. Tragik. Sie setzen Lebenszeichen!

Deren Geschichten greifen allerdings weit über jede Rationalität hinaus – sind sie darum Irr-Rational? Ja. Nein. Es geschieht etwas Wunderbares, es geschehen aber keine

Wunder. Ihre Helden sind auch Akteure ihres Lebens – und wir folgen ihnen bis zum (bitteren?) Ende.

Literatur beginnt dort, wo der Rahmen des Realistischen überschritten, transzendiert wird.
Verdichtet. Konzentriert. Und schließlich zur Form gerinnt. Zu Sprache. Die über allem Abgründigen schwebt wie eine stille Heilige, leicht und licht. Verzeihend. Und gnadenlos. Ehrlich. Ohne Lösung, doch nicht ohne Er=Lösung.

In gewissem Sinne schreibt uns die Autorin Märchen, nur nicht unbedingt romantische, eher kafkaesk-absurde.

Und die stellen den Leser, bzw. Hörer vor manche Herausforderung, wenn er der Logik ihrer Figuren folgen will. Oder hab ich da doch ein Augenzwinkern bemerkt – einen feinen bis boshaften Humor? Witz (im Sinne von ahd. Wizze = Geist. Gewitztheit.)

Und ein tiefes, ehrliches Mitgefühl?

Insofern verweigert sie uns auch jede Zuordnung zu einem bestimmten Genre – jener Schubladen, die wir brauchen - um uns einigermaßen zurecht zu finden im Chaos unsres Universums. Aber … aber es handelt sich doch auch immer um Liebesgeschichten.

Wie z. B. die ihres Helden Charles Lemaign (s. 'In den Schuhen der Welt') –
„Ich kann Ihnen mit Sicherheit sagen (…) dass man zum Aufheben der vom Himmel gefallenen Sterne beide Hände benötigt.

Und bedenken Sie, welcher Kraft es bedarf, die gefallenen Sterne für immer bei sich zu tragen, auch jene, die dazu kommen werden. Es ist keine leichte Arbeit, die ich mir da ausgesucht habe.

Und doch muss sie getan werden. Immer wieder. Sie stimmen mir zu. Nicht wahr?"

(Werner Wilkening, Berlin)

Werner Wilkening ist ein deutscher Schauspieler, Synchron- und Hörspielsprecher.
TV und Bühnenschauspieler
Sprecher der Klassiker wie
Anton Tchechov: Dame mit Hündchen Fjodor
Michailowitsch Dostojewski: Der Großinquisitor
Nikolay Vasilyevich Gogol: Die Nase
Wilhelm Hauff: Das steinerne Herz
ETA Hoffmann: Die Abenteuer der Sylvester-Nacht
Joachim Ringelnatz, Rainer Marie Rilke uvm.

Weitere Veröffentlichungen

https://soundcloud.com/search?q=Claudia%20J.%20Schulze
https://soundcloud.com/search?q=Werner%20Wilkening